KB012735

BIG LIFE

빅 라이프

빅라이프 3

우지호 장편소설

초판 1쇄 찍은 날 | 2016년 9월 13일
초판 1쇄 펴낸 날 | 2016년 9월 20일

지은이 | 우지호
펴낸이 | 예경원

기획 | 위시북스
편집책임 | 박우진
편집 | 이즈플러스

펴낸곳 | 예원북스
등록번호 | 제396-2012-000132호
등록일자 | 2012. 7. 25
KFN | 제1-027호

주소 | 경기도 고양시 일산동구 호수로 646-24 위너스21 II 빌딩 206A호 (우)10401
전화 | 031-819-9431 팩스 | 031-817-9432
E-mail | yewonbooks@naver.com

ⓒ우지호, 2016

ISBN 979-11-5845-445-6 04810
        979-11-5845-517-0 (set)

※ 파본은 구입하신 서점에서 교환하여 드립니다.
※ 저자와 협의하여 인지를 붙이지 않습니다.
※ 이 책은 예원북스와 저작자의 계약에 의해 출판된 것이므로 무단 전재 및 유포, 공유를
    금합니다.
※ 이 도서의 국립중앙도서관 출판시도서목록(CIP)은 서지정보유통지원시스템 홈페이지
    (http://seoji.nl.go.kr)와 국가자료공동목록시스템(http://www.nl.go.kr/kolisnet)에서
    이용하실 수 있습니다.

BIG LIFE
우지호 장편소설
3
WISHBOOKS MODERN FANTASY STORY
빅 라이프
Wish Books

빅 라이프
BIG LIFE

CONTENTS

16장
용이 날았다

−듣고 계십니까?

"네, 듣고 있었습니다."

태원이 이마를 싸맨 채로 대답했다.

박 팀장의 나직한 한숨 소리가 전파를 뚫고 그의 고막으로 스며들고 있었다.

두 사람은 잠시 아무 말도 없었다.

어느 쪽도 먼저 이유를 말하거나 묻지도 않았다.

뻔히 보이는 이유를 굳이 입에 담는 것도 촌스러운 노릇이다.

영업을 하다 보면 곧잘 겪는 이심전심이었다.

−래프북스는 요즘 좀 어떠십니까?

주제를 벗어난 박 팀장의 질문이 침묵을 깼다.

자세를 추스른 태원은 허공을 향해 짧은 숨을 훅 토해내고 는 대답했다.

"이제 시작인데요. 좋다 나쁘다 말씀드릴 수 있는 게 아직 은 없네요."

—그래도…….

박 팀장이 아주 작은 목소리로 말끝을 흐렸다.

뒤이어 자리를 옮기는 듯 부산스러운 기척이 일었다.

태원은 잠자코 기다리고 있었다.

—견제가 들어올 정도면 작가님들 꽤나 확보하신 거 아닙 니까? 대대적으로 프로모션 준비하시는 상황 아니셨나요?

명확하게 커진 박 팀장의 질문이 이어졌다.

태원은 자기도 모르게 가슴을 들썩이며 쓴웃음을 지었다.

"지금 래프북스 작가님 한 명밖에 없습니다."

—한 사람이라고요?

"네."

—아니…… 그럼 그, 뭐냐. 뭘 얻습니까? 목적이 뭘까요?

"저도 아리송합니다."

—와…… 이거, 잠시만요. 담뱃불 좀 붙이고. 아니, 그 영 감님이 비즈니스를 이런 식으로 할 양반은 아닌데?

태원은 작은 콧소리로 말을 듣고 있음을 상대에게 알렸다.

스타북스 대표 재국의 소관을 벗어난 일이라는 걸 은연중에 짐작하고는 있었다.

누군가의 마음에 안 드는 얼굴 또한 떠올랐다.

하지만 박 팀장에게 세세히 언급할 사항은 아니었다.

—어쩌실 생각이셨습니까?

"저 말입니까?"

—네, 권 대표님 말입니다. 작가가 한 사람밖에 없다면서요. 그런데 이렇게 꽂아대기 시작하시면…… 이거, 조심스러운 질문이지만 감당하실 수는 있는 겁니까?

"해봐야겠지요."

재건의 모습을 떠올리며 태원은 가슴을 활짝 폈다.

"이런저런 신경 써주셔서 감사합니다. 고생하시고 조만간 또 연락드리겠습니다."

—네, 알겠습니다. 후우, 권 대표님도 고생하세요.

전화를 끊은 태원은 양 손바닥을 번갈아 지압하듯이 꾹꾹 눌렀다. 흡연 욕구를 참기 위한 일환이었다. 오래도록 끊었다가 스타북스 퇴사 직전부터 피우기 시작한 담배의 유혹은 강렬했다. 지금 돌아보면 후회스럽기 짝이 없는 일이었다.

'자, 우선 할 일을 하고.'

태원은 서둘러 창고 임대 계약을 끝마쳤다.

창고 주인과 인사를 나눈 다음 자신의 차로 돌아와 시동을 걸 무렵, 한 통의 메시지가 날아들었다.

-디스노트 유 팀장입니다. 일정이 밀려서 빅 배너는 2월까지 어려울 것 같습니다. 죄송합니다.

"시작인가……."

태원은 그렇게 중얼거리며 핸드폰을 거둬들였다.

생각을 정리할 겸 그는 의자에 뒷머리를 기대고 두 눈을 감았다.

10여 분의 시간이 채 가기도 전에 여러 업체에서부터 연달아 메시지가 날아들었다.

'디스노트, 북킹24, 북시커, 오픈컬쳐, 북세일, 유토북스…… 모조리 아웃이라니.'

자조의 웃음이 태원의 입가에 가득히 어렸다.

저마다 이유는 달랐지만 중소형 업체들이 하나같이 태원의 마케팅 요청을 거부하고 있었다. 어느 정도 예상한 일이었다고는 해도 충격은 작지 않았다.

'네이빈이랑 코코아 페이지는 괜찮지만…….'

태원은 엄지손톱을 깨물며 생각했다.

네이빈과 코코아 페이지까지는 스타북스의 마수가 닿지 못한다. 강력한 매출을 자랑하는 이 두 곳은 여타 중소형 업체들과 궤 자체를 달리하는 회사다.

문피앙과 네이빈 스토어, 그리고 코코아 페이지에서만 연재해도 '더 브레스'는 충분히 기대 이상의 수익을 끌어낼 수 있으리라.

하지만 태원은 그걸로 만족할 생각이 없었다.

그는 즉시 유토북스 마케팅 팀장의 전화번호를 검색했다. 다른 중소업체는 다 놓치더라도 유토북스와의 영업만큼은 포기할 수 없었다.

'제발 전화 좀 받으시죠, 팀장님……!'

안정적인 시스템과 긴 역사를 자랑하는 유토북스의 회원 충성도는 남달랐다. 여타 업체들과는 달리 오로지 유토북스만 이용하는 회원이 전체의 7할 이상에 육박하고 있었다.

자신만을 믿고 따라와 준 재건이다. 조금이라도 더 높은 하늘까지 날아오를 수 있도록 해줘야 한다.

태원은 기필코 재건의 '더 브레스'를 유토북스 메인에 깔아버릴 각오였다.

ㅡ네, 권 대표님…….

한참 만에 유토북스 마케팅 팀장이 전화를 받았다.

어딘지 무기력하고 주눅이 든 느낌의 목소리였다.

그도 인간인 이상 어쩔 도리가 없는 일이었다.

태원에게 일주일간 얻어 마신 술값만 해도 한 달 월급 이상이었으니까.

하지만 태원은 조금도 내색하지 않았다.

단 한마디 나무라거나 아쉬운 티도 보이지 않고 밝게 말을 이었다.

"네, 안녕하세요. 권태원입니다. 오늘 많이 바쁘시지 않으면 저녁 같이 드실까요?"

─권 대표님, 사실 제가…….

머뭇거리는 상대의 말을 끊으며 태원은 활기차게 대답을 이었다.

"엊그제 뵈었을 때 제가 말씀드렸었죠? 정말 좋은 곳으로 한 번 모시겠다고요. 오늘 한번 저랑 가 보시죠. 후회 없으실 겁니다."

─으음, 네. 기억합니다. 그런 말씀하셨죠. 그렇지만…….

상대는 말을 끝맺지 못하고 망설였다.

태원은 당연히 그 이유를 알고 있었다. 미안해서가 아니라 좋은 곳의 유혹을 떨쳐 내기가 어려운 것이다.

상대는 그런 남자였다. 어떤 먹이를 던져 주면 덥석 받아먹을 종류의 동물인지 진즉부터 파악하고 있었다.

"부담 갖지 마세요. 저하고 진 팀장님하고 하루 이틀 볼 사이도 아니잖아요. 저는 그저 팀장님에게 약속드렸던 거 지키려고 하는 거니까 마음 비우시고 나오시면 됩니다."

−그러면…… 8시쯤까지 역삼으로 가면 되겠습니까?

"네, 그게 편하실 테니 그렇게 하시죠. 이따 뵙겠습니다."

전화를 끊고 난 태원은 조수석의 서랍을 열고 약부터 꺼내 입안에 털어 넣었다.

오늘도 배가 터지도록 술을 들이부으며 길고 긴 싸움을 하게 될 테니까.

BIG LIFE

"후우, 다 썼다."

자정을 코앞에 둔 겨울의 깊은 밤.

재건은 '더 브레스'를 또 한 권 분량 쓰고 마침표를 찍었다. 이걸로 125회까지는 아무런 걱정이 없어졌다.

"계산해 보자, 리카. 하루에 2편씩 올리기로 했으니까 으음, 한 달 하고도 반은 문제없겠어. 나 열심히 썼지?"

"야옹."

리카가 울음소리로 화답하는 동시에 재건의 무릎 위로 올라왔다.

작업하는 동안은 결코 방해하는 법이 없는 리카다. 하지만 일이 끝나면 귀신처럼 알고 이렇게 애교를 부리며 재건의 힘을 북돋아주곤 했다.

함께 지낸 시간이 꽤 되었지만 여전히 재건에게는 놀라움의 연속인 리카였다.

"벌써 12시네. 유료 되고 7시간이 지났어."

재건은 리카가 편하도록 양반다리로 고쳐 앉으며 말했다.

"성적 괜찮게 나오고 있겠지? 한번 확인이나 해볼까?"

아직까지 재건은 문피앙에 접속해 보지 않았다. 괜히 확인했다가 기대보다 성적이 나쁘면 글을 쓰는 데에 악영향이 미칠까 봐 두려워서였다.

그간 써 온 여러 작품이 모두 좋은 반응을 끌어냈지만 어쩔 수 없는 일이었다. 신작을 쓸 때마다 밀려드는 두려움은 평생토록 사라지지 않을 것 같았다.

"대표님도 전화 한 통 없으시고. 뭔가 기분이 이상한데."

재건은 문피앙을 검색해 사이트 주소를 화면에 띄웠다.

마우스 커서를 가져다 대었다가 그는 다시 리카를 내려다보며 물었다.

"그냥 한 권이라도 더 쓰고 나서 확인할까? 반응 구려서 속상해 가지고 글 안 나오면 어떡해?"

"야옹."

"그래, 나도 기분이 영 야옹해. 에이, 모르겠다. 종이책도 아니고 그냥 확인하자. 어차피 내일이라도 대표님 전화받으면 알게 될 거."

재건은 중얼거리며 마우스를 놀려 문피앙을 클릭했다.

사이트 메인화면이 모니터를 가득 채웠다.

오른쪽 구석의 아이디 입력란에 커서를 들이대려는 찰나, 낯익을 수밖에 없는 표지 하나가 재건의 시선을 잡아끌었다.

'더 브레스가 왜⋯⋯?'

'더 브레스'의 표지가 다른 작품들보다 2배 이상 커다랗게 메인 화면의 왼편을 차지하고 있었다.

처음엔 배너인 줄 알았다. 태원이 홍보를 위해 돈을 지불하고 붙인 배너라고 생각했다.

문피앙을 자주 사용하지 않았기에 재건은 착각했다.

'유료 웹소설⋯⋯ 1위?!'

재건이 두 눈을 부릅떴다.

어째서 '더 브레스'의 표지가 이토록 대두되고 있는지 비로소 깨달았다. 당당하게 유료 웹소설 투데이 베스트 1위를 차지하고 있었다.

"올린 지 7시간밖에 안 됐는데 내가 어떻게 1위야?"

유료 웹소설 투데이 베스트, 신작 투데이 베스트, 독점 투데이 베스트 모조리 '더 브레스'가 1위였다.

재건은 흐트러진 숨을 토막토막 뱉어내면서 자신의 소설을 클릭했다.

그리고 더욱 경악했다.

새로이 올라간 5편의 구매 수가 모조리 6,000을 넘기고 있었다. 무료였다가 유료로 전환된 기존 편수도 전부 2,000 이상이었다.

"와아아……! 리카, 나 오늘 올린 다섯 편 구매수가 벌써 3만이야! 3만을 넘겼다고!"

리카가 슬그머니 머리를 들었다. 모니터 화면의 수치를 가리키며 재건은 흥분해서 설명했다.

"이제 고작 7시간인데 6,000이 넘어가고 있어. 24시간 채우면 얼마나 더 오를지 모르겠어. 지금까지 쓴 판타지 중에서 최고로 대박날 거 같아. 감 확실히 온다."

재건이 리카를 들어 가슴 가득 끌어안았다.

오늘만큼은 어쩐지 리카도 거부하지 않고 가만히 몸을 맡기고 있었다.

"잘될 거야. 아버지께 서재 만들어 드리고, 엄마한테는 정원을 만들어 드려야지. 그리고 우리 누나 학원 차려주고 차도 사줘야지. 지금까지 받은 건 전부 갚아줘야지."

혼자만의 힘으로 여기까지 올 수 있었던 게 아니다.

재건은 리카의 목덜미에 얼굴을 묻은 채로 말을 계속했다.

"그다음엔 리카, 너랑 나야. 내가 너를 만나기 전까진 고양이에 대해 잘 몰랐어. 우리도 이사 가자, 리카. 선배님이 여기 계시니까 멀리는 안 되겠고, 어디든 근처에 넓은 집으로 가자. 너만의 영역을 만들어줄게."

리카가 슬며시 머리를 들고 재건의 목을 핥았다.

문득 고개를 든 재건은 태원을 생각해 냈다. 저절로 핸드폰으로 손이 갔다. 마음 같아서는 전화를 하고 싶었지만 시간이 늦어 문자로 대신했다.

드르륵!

메시지가 수신된 핸드폰이 몸을 떨었다. 하지만 태원은 당장 주머니에 손을 집어넣을 여력이 없었다. 뚜껑을 올린 변기에 얼굴을 대고 토악질을 계속하고 있었다.

"우, 우워어억……!"

목젖을 뚫고 끝도 없이 쏟아져 나오는 건 액체뿐이었다. 밥도 먹지 않은 빈속에 진 팀장이 주는 술만 들이부은 까닭이었다.

"흐으……! 흐으……!"

기어코 모조리 쏟아내고 나서야 허리를 든 태원이 거친 숨을 몰아쉬었다.

문을 열고 나온 그는 세면대로 가 섰다. 벌겋게 젖은 두 눈이 한껏 흐트러져 있었다.

'이걸로 됐다.'

태원은 정신이 번쩍 들도록 찬물로 얼굴을 씻었다.

만취한 진 팀장이 내민 폭탄주 다섯 잔을 연거푸 들이마셨다. 마시지 않으면 모든 일을 없던 걸로 하겠다고 우기는 통에 거부할 도리가 없었다.

머리가 핑 돌고 위가 찢어질 듯이 아팠다.

하지만 태원은 아무래도 상관없었다. 이 고통의 대가로 유토북스 사이트 메인 배너와 이벤트 일정을 손 안에 거머쥐었다.

세수를 끝내고 나서야 태원은 핸드폰을 꺼내 메시지를 확인했다. 재건으로부터 날아든 메시지였다.

-대표님, 참고 안 보고 있다가 이제야 문피앙 확인했습니다. 더브레스 1위 대표님 덕분이에요. 좀 쉬려고 했는데 안 되겠습니다. 오늘도 밤새서 써야겠어요. 늦은 시간이라 혹시 몰라 문자로 대신합니다. 아마 안 주무시고 일하실 거 같긴 하지만요. ^^

끝자락을 장식한 이모티콘처럼 태원도 잠시나마 고통을 잊고 웃을 수 있었다. 그는 젖은 손을 티슈로 닦고는 즉시 답장을 보냈다.

-제가 잘될 거라고 했잖아요. 너무 무리하지는 마시고 몸도 생각하면서 쓰세요. 고생하세요, 하 작가님. ^^

발신을 마친 태원이 핸드폰을 주머니에 도로 집어넣고 섰다. 거울에 비친 파리한 얼굴은 잔뜩 구겨져 있었다. 손을 들어 아픈 명치를 꾹 누르며 그는 힘겹게 중얼거렸다.

"잘되는 정도가 아닐 겁니다, 하 작가님……."

문자로는 재건에게 전하지 못한 말이었다.

지나친 기대는 언제나 감당하기 힘든 실망을 가져온다.

반평생을 편집자로 살아온 태원은 그 점을 명확히 알고 있었다. 예상보다 저조한 성적 앞에서 회생이 불가능할 정도로 무너진 작가를 너무도 많이 봐왔다. 작품이 좋아도 쉽게 칭찬을 하지 못하는 그의 성향은 이러한 연유에서 비롯되었다.

하지만 지금 이 순간만큼은 아니었다.

아주 가끔, 몇 년에 한 번씩 뇌리를 관통하는 직감이란 것이 되살아나고 있었다. 직감이 어긋날 리 없었다. 어긋난다면 직감이 아닌 것이다. '더 브레스'를 향한 그의 믿음은 남달랐다. 특정 작품에 관해 이토록 확신을 가진 적은 처음이었다.

"후우……."

티슈로 얼굴을 말끔히 닦고 난 태원은 흐트러진 머리와 옷매무새를 하나하나 가다듬었다. 래프북스의 유일한 소속 작가가 밤을 새서 일하겠다는 의지를 전해 왔다. 대표로서 정신 똑바로 차리고 하던 일을 제대로 마무리해야만 했다.

"자, 가 볼까."

이제 곧 사랑하는 아내가 기다리는 집으로 돌아갈 수 있다. 술과 여자에 흠뻑 젖은 진 팀장의 비위를 적당히 맞춰준 다음 애프터까지 챙겨주면 하루의 일과가 끝난다.

태원은 힘차게 화장실 문을 열고 밖으로 나섰다. 흥청망청 고막으로 파고드는 시끄러운 노랫소리도 긍정적으로 받아들였다.

이건 모두 '더 브레스'를 향한 축가라고.

BIG LIFE

"여기 괜찮았지?"

식당을 나서며 이 대리가 물었다. 소미는 잔돈을 지갑에 넣다 말고 환히 웃으며 고개를 끄덕였다.

"네, 생선구이 오랜만에 먹어요. 대리님 덕분에 점심 정말 잘 먹었어요."

"언니라고 하라니까. 아으, 날씨 춥다."

이 대리가 미간을 좁히며 옷깃을 여몄다. 소미는 불어닥치는 바람에 흐트러진 머리칼을 쓸어내릴 뿐 그다지 추운 기색이 아니었다.

"소미 씨는 안 춥나 봐?"

"저 고향이 동해잖아요. 이 정도 바람은 우습죠."

"동해가 많이 추운 편이야?"

"아니에요. 바람이 세서 그렇지 기온은 수도권보다 높아요. 아, 이 대리님. 우리 카페 갔다 들어갈까요?"

"그러자, 시간도 많이 남았는데."

카페로 들어선 두 사람은 각자 마실 것을 주문했다. 지갑을 꺼내려는 이 대리에 앞서 소미가 자기 카드를 꺼내 직원에게 내밀었다.

"부담스럽게 왜 그래, 각자 내."

"전에 주셨던 스타킹 값이요."

"그걸 아직도 기억하고 있어?"

"그럼요. 빌린 건데 확실히 갚아드려야죠."

"하여간 야무져. 알았어, 잘 마실게."

날이 추웠기에 두 사람은 서리가 낀 창가 대신 내측으로 자리를 잡았다. 곱은 손을 뜨거운 잔에 대고 문지르면서 이 대리가 말을 꺼냈다.

"소미 씨도 벌써 입사한 지가 1년이네."

"정말 시간 빨리 가는 거 같아요."

"느낌이 어때? 편집자 생활 말이야."

"좋아요, 재미있고."

"이 아가씨가 지금 뭐래? 재미있다고? 우웩."

이 대리가 토하는 시늉을 해 보였고 소미는 쿡쿡 웃었다.

"이 대리님은 재미없으세요?"

"말이라고 하는 거야? 완전 재미없는 게 당연하잖아. 출판계 박봉인 거야 말해봤자 입만 아프고 일은 해도 해도 끝이 없지, 아무리 잘해도 티도 안 나지."

푸념 끝에 이 대리는 테이블에 팔꿈치를 대고 손으로 턱을 괴었다. 조금은 울적함이 깃든 표정으로 그녀는 한탄하듯 말을 이었다.

"남자라도 생기면 또 몰라. 왜 이렇게 내 주변엔 괜찮은 남자가 없을까. 많은 거 바라지도 않는데 말야."

"결혼하시고 싶으세요?"

"그것도 일단 만나봐야 알지. 난 급한 맘 없어. 요즘 세상 분위기도 그렇게 됐잖아. 내 나이 이제 고작 서른둘인데 많이 늦은 것도 아니고. 그치?"

"저도 그렇게 생각해요."

"근데 가족은 급해. 선이라도 열심히 보라고 재촉해 대는 통에 본가에만 가면 죽을 맛이야."

"후후훗."

"웃긴? 이건 끝없는 고통이야. 남자 없으면 남자 만나라 그러지, 남자 생기면 결혼 언제 할 거냐고 그러지, 결혼하고 나면 이젠 또 애 안 낳을 거냐고 채근하겠지."

전면 유리창 너머의 길가로 시선을 향한 채, 이 대리는 가슴 깊숙한 곳에 숨겨 놨던 이야기를 슬그머니 끄집어냈다.

"사실 내가 예전 남친한테 좀 데였어."

"예전…… 남자 친구요?"

"한 2년 만났어. 처음엔 좋았지. 낭만적이고 유머러스했어. 소소한 배려심도 좋았고. 그래도 안 되겠더라. 도저히 정신적으로는 감당이 안 되고, 물질적으로도 대책이 안 서는 남자였어."

거기까지 말하고 난 이 대리가 한쪽 눈을 찡긋해 보이며 물었다.

"맞혀봐, 직업이 뭐였게?"

"으음, 글쎄요…… 저 이런 거 잘 못 맞히는데."

소미가 곤란한 표정이 되어 양 손바닥을 맞대고 문질렀다. 금세 이 대리는 '풉' 하고 웃음을 터뜨리더니 정답을 일러주었다.

"작가."

"작가요?"

"자기도 편집자면서 뭘 그렇게 놀라? 우리가 제일 많이 만나는 사람이 직장 동료 다음으로 누구겠어?"

"전혀 예상 못 했어요. 스타북스 작가님이셨어요?"

"그건 비밀. 만에 하나 소미 씨도 작가랑 썸타게 되면 어떤 사람인지 잘 알아보고 만나. 괜찮은 작가도 많지만 그만큼 이상한 작가도 많으니까. 꼭 어딘가 하나씩 유별난 구석들이 있더라니까."

이 대리의 말을 잠자코 듣는 사이, 소미는 자기도 모르게 재건을 생각하고 있었다. 5월의 햇살처럼 따사로운 그의 미소가 연달아 떠올랐다. 덩달아 그녀도 가슴을 부풀리며 입가에 웃음을 머금었다.

"어머? 소미 씨, 뭐야?"

"······네?"

소미가 화들짝 정신을 차리고 되물었다. 이 대리는 미심쩍다는 듯이 눈을 흘기며 고개를 갸웃거리고 있었다.

"지금 혼자 실실 웃었잖아. 좋아하는 남자 있구나? 맞지?"

"아, 아니에요. 그런 거······."

"아니긴 뭐가 아냐. 어떤 사람이야? 말해봐, 응?"

드르륵!

채근의 시작과 동시에 소미의 핸드폰이 진동했다. 소미는 전화를 건 사람의 이름을 확인하자마자 받기에 앞서 재빨리 양해를 구했다.

"하재건 작가님이세요. 아침에 현대지존록 웹툰 계약 건으로 전화 주시라고 연락 드려뒀었어요."

"얼렁 받아, 받아."

손짓하는 이 대리 앞에서 소미는 전화를 받았다.

"네, 하 작가님. 안녕하세요."

—안녕하세요, 소미 씨. 점심 드셨어요?

"방금 먹었어요. 작가님은요?"

—전 이제 일어났어요. 문자 보자마자 전화 드린 거예요. 웹툰 계약 말인데요. 저는 아무 때나 괜찮으니까 소미 씨가 일정 잡아주세요.

"알겠습니다. 그럼 다음 주 월요일에서 수요일 사이로 잡아도 될까요?"

—네, 그렇게 해주세요.

할 말이 끝나자 아쉬움이 밀려드는 소미였다. 오랜만에 듣는 재건의 목소리가 반가웠다. 안부 한마디 묻지 않고 끊기는 싫어서, 그녀는 핸드폰에 대고 나직이 말을 이었다.

"하 작가님, 그동안 별일 없으셨어요?"

—네, 그냥 똑같았어요. 쓰고 먹고 자고 그랬죠. 소미 씨도 별일 없으시죠?

"저도 똑같아요. 하 작가님 작품을 누구보다도 먼저 읽지 못하게 돼서 안타깝다는 점만 빼구요."

—빈말이라도 감사합니다. 아, 그러고 보니 저 신작에 대해서 말씀을 안 드렸네요. 신작 문피앙에서 시작했어요.

"신작이요?!"

소미의 두 눈이 확연히 커졌다. 무슨 일이냐고 표정으로 묻는 이 대리와 시선을 마주한 채 그녀는 통화를 계속했다.

"혹시 드래곤 라이더 말씀하시는 거예요?"

─네, 근데 제목이 바뀌었어요. 더 브레스라고 한번 검색해 보세요. 전 아실 줄 알았는데. 출판사에서 문피앙이나 조아요는 신인 작가 작품 발굴하러 자주 들어가잖아요?

"아아…… 네, 근데 저는 최근까지 계속 업무가 로맨스 레이블 쪽이었어요. 이쪽에 사람이 부족해져서요. 죄송해요."

─소미 씨가 죄송할 일이 뭐가 있어요. 나중에 시간 되실 때 읽어보시고 감상이나 들려주세요. 소미 씨 피드백도 저한테 소중하거든요.

"네네, 꼭 그럴게요. 오늘부터 바로 읽어볼게요."

─감사합니다. 아, 그리고 소미 씨. 다음 주에 뵐 때 저녁 드실래요? 괜찮으시면 제가 맛있는 거 쏘기로 한 거 그날 바로 실행할게요.

"앗, 정말요?"

소미의 입가에 커다란 웃음이 번졌다. 보이지도 않는 재건을 향해 고개를 연신 끄덕이며 그녀는 활기찬 목소리로 대답했다.

"알겠습니다, 작가님. 그럼 제가 다시 일정 정확히 잡은 다음 연락드릴게요. 점심 맛있게 드시고요."

─네, 소미 씨도 수고하세요.

소미는 웃음이 만연한 얼굴로 전화를 끊었다.

이제나저제나 기다리고 있던 이 대리가 곧바로 물었다.

"뭐야? 신작 내셨대?"

"네, 유료 연재로요. 대리님도 보셨던 거 드래곤 라이더, 제목을 바꿔서 내셨대요."

"그래? 근데 성적이 나쁜가? 왜 고 대리고 누구고 한마디 말도 없었대?"

그렇게 중얼거리며 이 대리는 자기 핸드폰을 꺼내 문피앙에 접속했다.

"바뀐 제목이 뭐래?"

"더 브레스요."

"더 브레스? 어디 보자…… 으음?!"

이 대리가 돌연 두 눈을 잔뜩 찌푸리고는 핸드폰 화면 가까이 얼굴을 들이밀었다. 마치 믿을 수 없는 장면이라도 목격한 듯한 그녀의 표정이 소미의 호기심을 불러일으켰다.

"왜 그러세요, 대리님?"

"아니, 아니…… 이거 봐. 검색할 필요도 없어."

소미는 이 대리가 내민 핸드폰을 건네받았다. 화면을 확인한 순간 그녀는 놀란 숨을 훅 하고 들이켰다.

'1위…… 였어?!'

소미의 시선은 작가 풍천유의 신작 '더 브레스'의 표지에 꽂혀 떨어질 줄 몰랐다. 여타의 작품 표지들보다도 2배의 크기를 자랑하고 있었다. 유료 웹소설 베스트 1위를 차지한 작품만이 누릴 수 있는 특권이었다.

"문피앙에서 1위했으면 장난 아닌 건데. 구매 수는 얼마나 될까?"

"자, 잠시만요. 같이 봐요."

소미는 이 대리와 함께 볼 수 있도록 핸드폰을 내려놓고 손가락으로 화면을 터치했다. 이윽고 '더 브레스'의 연재 게시판이 떠오른 순간, 두 사람은 똑같이 입을 벌리며 서로를 쳐다봤다.

"엄청나다……!"

이 대리가 경탄을 금치 못하는 것도 전혀 무리가 아니었다.

41편까지 연재된 더 브레스의 편당 구매 수가 무려 1만 5,000에 다다르고 있는 것이 아닌가.

"날짜 보니까 하루 2편씩 올리시네? 잠깐만, 소미 씨. 그럼 누적 구매 수도 제쳐 두고 하루 3만씩으로만 계산해 보자. 문피앙 수수료 제하고 조회수 1만에 63만 원이지? 여기다 곱하기 3하면 189만 원이고, 여기서 30퍼 제하고 나면…… 133만 원이네! 하루에 최소!"

이 대리는 자신의 일이라도 되는 양 흥분으로 들썩이는 몸을 가누지 못하고 있었다.

"이것 봐. 내가 하 작가님 대박각 섰다고 전에 사무실에서 읽었을 때도 말했었잖아. 새 편집장이랑 고 대리는 어떻게 이런 작품을 놓쳐?"

"정말 대단하세요, 하 작가님."

"대단한 정도가 아냐, 소미 씨! 이거 문피앙에서만이잖아. 문피앙에서만 한 달에 4,000만 원이야. 조만간 다른 업체들에도 들어갈 텐데, 특히 네이빈 스토어랑 코코아 페이지까지 들어가면 월 수익 얼마가 나올지 아무도 장담 못 해. 와, 하 작가님 좋아서 쓰러지시겠다. 너무 좋으시겠다!"

소미는 여전히 놀란 얼굴로 고개를 끄덕여 보이고 있었다.

잘될 거라는 믿음은 있었지만 이 정도로 압도적인 성적을 낼 줄이야.

베스트 2위 작품과의 구매 수 격차도 거의 3배 가까이 발생하고 있는 상황이었다.

"이런 작가라면 얼마든지 만나도 되겠지?"

"네?"

이 대리는 어안이 벙벙해진 소미의 어깨를 가볍게 때리며 짐짓 짓궂게 웃었다.

"말해놓고 보니 하재건 작가님 완벽하네? 작가 모임 때 보니까 사람도 괜찮은 것 같고 이제 돈도 잘 벌고. 그리고 결정적으로……."

이 대리의 손가락이 서서히 올라오더니 소미의 가슴을 가리켰다.

"소미 씨 안에 하 작가님 들어가 있고."

"무, 무슨 말씀이세요? 그런 거 아니에요."

소미가 대번에 불이라도 난 것처럼 빨개진 얼굴로 항변했다. 그러나 이 대리에게는 씨알도 먹히지 않았다.

"통화하는 것만 봐도 알아. 소미 씨 입이 귀 밑까지 걸리겠던데?"

"아니에요, 아니에요. 정말 대리님이 오해하신 거예요. 그냥 하 작가님은 제가 전담이었고, 그래서 여러 번 뵀고, 이런저런 일들도 있었고 해서 다른 작가님들보단 쪼금 더 친하긴 한 건데 그게 다예요."

"알았어, 알았어. 그만 얘기하고 커피나 마저 마셔. 식겠다."

이 대리가 즐거운 듯이 웃으며 자신의 커피를 입으로 가져갔다.

몸이 달아오른 소미는 이 추운 날 더위마저 느끼고 손으로 부채질을 해댔다. 쿵쿵 뛰기 시작한 심장의 박동이 본래의 리듬을 되찾기까지는 시간이 조금 걸릴 듯했다.

BIG LIFE

"후우, 살았다!"

재건이 고개를 뒤로 한껏 젖히며 긴 숨을 내뿜었다.

지쳐서 쓰러지기 직전이었다. 이제 막 서건우의 머그컵으로 마신 커피 한 잔 덕분에 기력이 완벽하게 회복된 참이었다.

"이걸로 더 브레스 150편까지 확보. 잠깐만 쉬었다가 175편까지 25편을 더 쓰는 거야."

재건이 바닥에 벌러덩 드러누웠다. 리카가 그의 가슴 위로 올라와 섰다. 앞발로 재건의 턱을 살살 긁더니 머리를 들이밀고 혀로 핥기까지 했다.

"대표님하고 통화하고 하루 5편씩 연재하자고 해야겠어."

리카의 목덜미를 손으로 간질이며 재건이 말했다.

비축한 분량은 충분했다. 서건우의 노트북 덕분에 글을 쓰는 속도도 여전히 빨랐다. 하루 5편을 연재한다고 해도 걱정은 없었다.

"완결은 대략 400편 내외에서 낼 거야. 종이책으로 치면 15권쯤 되나. 이 정도면 충분히 많은 거지, 리카? 대표님도 좋아하시겠지?"

드르륵!

"엇, 대표님인가. 양반은 못 되시는군."

재건이 핸드폰을 집어 얼굴 앞으로 가져왔다. 메시지 한 통이 수신되어 있었다. 예상과 달리 태원은 아니었다. 강민호라는 이름 세 글자가 화면에 아로새겨져 있었다.

"강민호? 아, 강민호 작가님?"

재건은 금세 작가 모임에서 만났던 왜소한 체구의 한 작가를 떠올릴 수 있었다. 바로 옆자리였고 가장 먼저 인사를 나눴던 작가다. 세심하게 이것저것 자신을 챙겨줬던 그의 배려심은 재건에게 좋은 기억으로 남아 있었다.

"근데 무슨 일이시지?"

민호를 비롯해 몇몇 소수의 작가와는 번호를 교류했다. 하지만 지금까지 서로 연락한 일은 없었다. 재건이 두 눈을 빛내며 메시지를 화면에 띄웠다.

 -안녕하세요, 하재건 작가님. 강민호입니다. 더 브레스 1위 진심으로 축하드립니다. 정말 재미있게 읽고 있습니다. 읽으면서 공부도 많이 됩니다. 날이 추우니 감기 조심하시고 건필하세요.

작가 모임에서 봤던 인상과 꼭 같은 정중한 문장이었다.

재건은 웃는 얼굴로 엄지손가락을 놀려 답장을 적었다.

 -네, 강민호 작가님. 연락 주셔서 고맙습니다. 재미있게 읽어주셨다니 기분이 참 좋습니다. 작가님도 별고 없으시죠?

재건은 소설에 관해 언급하지 않고 일상적인 답장을 보냈다.

작가마다 처한 상황이 다르다. 물질적 혹은 정신적인 문제 때문에 소설을 쓰지 못하고 있을지도 모르는 일이다.

잠시 후, 민호로부터 답장이 왔다.

-그럭저럭 지내고 있습니다. 구로역 인근에 친한 작가 몇몇이랑 사무실을 얻었어요. 일하면서 판타지를 쓰고 있는데 잘 안 풀리네요. 요즘 대세에 맞추려고 하다 보니 저도 모르게 손가락에 힘이 들어가는 것 같아요. 벌써 반년 넘게 헤매고 있습니다.

문장 위로 민호의 울적한 얼굴이 비치는 듯했다.

오래도록 글이 풀리지 않을 때 받는 고통이 얼마나 극심한지 재건이 모를 리 없었다. 필시 심한 스트레스로 하루하루를 보내고 있으리라.

가능하다면 도움을 주고 싶은 재건이었다.

잠시 생각한 끝에 그는 민호에게 답장을 보냈다.

-한번 읽어 보고 싶은데 제 이메일로 보내주실 수 있을까요?

-아앗, 연재도 하시고 많이 바쁘실 텐데 괜찮으시겠습니까? 저야 작가님께서 읽어주신다면 그저 영광이지만요.

-괜찮습니다. 바로 읽어볼 수 있으니까 보내주세요.

-네, 작가님. 금방 들어가서 보내드리겠습니다. 보시고 어떤 점

들이 문제인지 지적해 주시면 무척 감사하겠습니다.

　-알겠습니다.

　대화를 마친 재건은 주방으로 가서 라면을 끓였다.

　글을 쓰느라 온종일 먹은 것이 없어서 몹시 허기졌다. 다 끓인 라면을 냄비째 가져와 상 앞에 앉았을 때 민호의 메시지가 날아왔다.

　-지금 보내드렸습니다. 잘 부탁드립니다. 감상 기다리고 있겠습니다.

　재건은 컴퓨터로 갈 것도 없이 핸드폰으로 메일함에 접속했다. 민호의 판타지 소설 초고가 목록의 가장 윗줄에 놓여 있었다.

[지구에 떨어진 마왕]

"제목이 음……."

　재건이 중얼거리며 소설 파일을 손가락으로 눌렀다.

　판타지 소설 한 권에 딱 맞는 13만 자 정도의 분량이었다. 생각보다 양이 많아서 재건은 빨리 읽어볼 요량으로 서건우의 뿔테안경을 가져다 썼다.

"흠, 이번에도 장르는 퓨전이시네."

소설의 주인공은 판타지 세계의 어떤 대륙에서 절대적인 강자로 군림하고 있는 마왕이었다.

어느 날, 한 용사가 마왕의 성으로 쳐들어와 금단의 마법을 사용했다. 마왕은 차원 바깥으로 밀려나 뜻밖의 세계에 떨어지게 되었는데 그곳은 다름 아닌 현대의 한국이었다.

'이거 강민호 작가님 쓰셨던 전작 이계대마왕이랑 거의 흐름이 비슷하네? 으음…….'

재건은 뿔테안경을 통해 소설을 빠르게 읽어 내려갔다.

중반부를 읽을 즈음부터 그는 미간을 잔뜩 좁히고 있었다.

'심각해!'

일단 소재 자체는 문제가 없다는 게 재건의 입장이었다. 흔하다는 건 그만큼 대중적이고 안정적이란 의미도 겸하고 있으니까.

문제는…….

재미가 없었다.

정말이지 화가 날 정도로 재미가 없었다.

불필요한 심리 묘사가 지나치게 많았고 상당수의 전개는 개연성이 부족했다.

도저히 몰입이 되지 않았다.

민호의 부탁이 아니었다면 끝까지 읽지도 못하고 내던졌을 글이었다.

"아, 라면……!"

글을 읽느라 새까맣게 잊어버리고 있었다.

재건은 젓가락을 들고 후루룩 면발을 빨아들였다. 다행히 긴 시간을 방치한 건 아니어서 많이 불지는 않았다.

"흠, 총체적 난국인데 이걸 어떻게 해결하지."

식사를 끝마친 재건은 노트북으로 성심성의껏 감상문을 적었다. 다 적고 나서 처음부터 훑어보니 너무 직설적인 것 같아 걱정이 들었다.

칭찬하는 부분은 거의 없었다. 수많은 단점과 개선할 부분들을 지적하는 내용이 감상문 전체의 9할을 차지하고 있었다.

재건이 리카를 돌아보며 물었다.

"리카, 이대로 보내도 될까? 강민호 작가님이 내 피드백 보고 상심하면 어떡하지? 안 그래도 글 안 나오는 거 같은데."

리카가 두 눈을 빛내며 대답을 대신했다.

재건은 가느다란 한숨을 내쉬며 노트북 화면으로 시선을 되돌렸다.

"그래, 감상은 솔직히 말해주는 게 예의겠지. 돌려 말하는 건 작가님께 도움은커녕 해만 될 일이지."

재건은 작성한 감상문을 민호에게 보낸 다음 즉시 자신의 소설 '더 브레스'를 쓰기 시작했다.

리카는 침대 끝머리에 턱을 괴고 재건을 바라보았다. 졸음이 오는지 리카의 두 눈은 점차 가물거리고 있었다.

BIG LIFE

하루가 지나고 다음 날.

정오 무렵 잠자리에서 일어난 재건은 따뜻한 물로 샤워를 하고 전기밥솥에 밥을 안쳤다. 반찬으로 계란프라이를 먹을까 고민하는 찰나, 민호로부터 메시지가 날아들었다.

-양질의 감상문 감격했습니다. 지적하신 부분들을 밤새서 수정해 봤습니다. 정말 염치없지만 한 번만 더 봐 주시길 이렇게 부탁드립니다. 그리고 부담되시지만 않는다면 언제고 답례로 식사라도 한 번 대접하고 싶습니다.

아직도 졸음이 남아 있던 재건의 얼굴에 미소가 번졌다. 감상문을 읽고 밤을 새서 초고를 수정했다니. 상심할까 봐 걱정한 건 아무래도 기우였다는 생각이 들었다.

재건은 커피를 마시며 수정을 거친 민호의 소설을 다시금 읽었다. 그리고 놀라움을 느꼈다. 수정된 소설은 자신이 지적했던 부분들을 거의 전부 받아들이고 있었다. 덕분에 고작 하루 만에 전체적인 가독성이 몰라보게 높아졌다.

"강민호 작가님, 센스가 좋으시네. 이게 피드백을 듣는다고 바로 쉽게 고칠 수 있는 게 아닌데."

이 정도라면 충분히 시장에 먹힐 거라는 판단이 섰다.

여전히 자잘한 단점들이 두 눈에 밟히긴 했지만 어제 읽은 초고에 비해서는 어쨌든 장족의 발전이었다.

하지만…….

그럼에도 불구하고 재건은 불안했다.

자신이 본 것은 1권 분량뿐이다. 2권 이후로는 어떤 전개로 나아갈지 전혀 알 수 없는 상황이다.

'강민호 작가님은 이계대마왕도 3권부터 전개가 급격하게 무너졌었어.'

작가 모임 때는 그저 재미있었다고 말해줬지만 실상은 그렇지 않았다. 잘 끌어가던 내용을 3권에서 속된 말로 말아먹었다. 억지로 참고 끝까지 보긴 했지만 실로 고역이었다.

'끌어줄 사람이 없나?'

거기까지 생각하고 나니 가만있을 수가 없어졌다.

생각 끝에 재건은 핸드폰을 들고 전화를 걸었다. 메시지를 보내는 것보단 직접 통화하는 쪽이 훨씬 편하고 빠르다.

-여, 여보세요? 하재건 작가님?

"네, 안녕하세요. 통화하실 수 있으세요?"

─네, 네! 무, 물론입니다. 전화를 주실 줄은 몰라서 조금 놀랐습니다.

"다름이 아니라 수정해서 주신 거 다 읽어봤거든요. 어제에 비해서 아주 좋아졌어요. 정말입니다."

─정말이세요? 저는 잘 모르겠는데 정말 좋아진 것 같으세요?

"저는 없는 말 안 합니다. 그런데. 강민호 작가님. 혹시 이 작품 어디 계약하신 곳 있으세요?"

─아직 없습니다. 그리고 이 작품으로는 저도 유료 연재를 해볼 생각이에요. 무료로 연재하면서 매니지먼트 컨택 들어오길 기다려 보려고요.

"그렇군요."

재건은 자신이 민호에게 해줄 수 있는 일을 다시금 되새겼다. 머리로는 소속 작가가 한 사람뿐인 래프북스의 상황을 상기하고 있었다.

결론은 빠르게 나왔다.

'강민호'라는 작가는 끌어줄 사람이 필요하다.

더불어 태원에게는 래프북스를 살찌워 줄 작가가 필요하다.

기왕 돕기 시작한 일이니 끝까지 간다.

민호는 은혜를 쉽게 잊어버릴 사람이 아니다. 언젠가 내가 그의 도움을 받게 될 날이 생길지도 모른다. 이윽고 생각을 마친 재건은 말을 이었다.

"저 밥 사주신다는 거요. 오늘 점심 사주실 수 있으세요?"

—네? 오늘이요?

전파 저편에서 민호의 목소리가 당황으로 부쩍 높아졌다.

—가, 가능합니다. 저는 물론 됩니다. 어디서 뵐까요? 하 작가님께서 장소 정해주시면 바로 가겠습니다.

재건이 리카에게 눈길을 주며 말을 이었다.

"사무실이 구로역 근처라고 하셨죠? 다름이 아니라 제가 고양이 한 마리를 키우고 있어서요. 혹시 데려가도 괜찮다면 강민호 작가님 사무실에서 뵙고 싶은데요."

—네? 제, 제가 있는 곳까지 직접 오시겠다는 마, 말씀이세요?

"저와 제 고양이가 실례가 되지 않는다면요."

—실례라니요! 네, 네. 저도 그렇고 다른 작가들도 다 동물 좋아합니다. 그리고 지금은 사무실에 저밖에 없습니다.

"그럼 주소 좀 보내주세요. 내비 찍고 금방 가겠습니다."

—네네, 작가님. 알겠습니다. 아이고, 그럼 이따 뵙겠습니다.

전화를 끊은 재건은 외출복으로 갈아입고 리카와 함께 집을 나섰다.

차에 올라타서 시동을 걸려는 참에 태원으로부터 전화가 걸려왔다.

"네, 대표님."

-점심 드셨어요?

"아직이요. 대표님은요?"

-저도 아직이요. 아, 그건 그렇고 더 브레스 압도적으로 유료 1위 찍고 있네요. 다음 달에 네이빈 스토어랑 코코아 페이지까지 들어가면 역대급 수익 나올지도 모르겠어요. 하 작가님 완전 부자 되시겠네.

"저도 많이 놀라고 있어요. 정통 판타지라서 이 정도까지 뜰 줄은 몰랐거든요. 아, 대표님. 안 그래도 제가 전화 드리려고 했었는데. 저 하루에 5편씩 연재해도 될까요?"

-네? 하루에 5편이요?

"네, 지금 비축분도 충분해서 가능할 것 같아요."

재건이 연재 편수를 늘리려는 건 돈 때문이었다.

하루빨리 가족에게 집을 사주고 싶었다. 많은 편을 연재할수록 돈이 빠르게 들어오는 건 당연한 일이었다.

-하 작가님, 한 달이면 150편이에요. 5~6권 분량이라고요. 비축분이 얼마나 있는데요?

"350편 정도까진 있어요."

실제로는 175편까지밖에 없지만 거짓말을 했다.

솔직히 말했다간 당연히 반대할 테니까.

어쨌든 서건우의 유품인 노트북과 머그잔이 있으니 매일 한 권 분량인 25편씩은 능히 써낼 자신이 있는 재건이었다.

―350편이요? 아니, 언제 그렇게 써두신 거예요 대체?

기가 막힌 나머지 되묻는 태원의 목소리는 기묘하게 꺾이고 있었다.

재건은 시동을 걸며 웃음 섞인 목소리로 대답했다.

"저 부지런한 거 아시잖아요. 그럼 5편씩 연재해 주시는 걸로 알고 있을게요.

―정말 괜찮으신 거죠?

"그렇다니까요. 걱정하지 마세요. 저기, 대표님. 죄송한데 제가 이제 운전해야 해서요."

―아아, 네. 알았어요. 운전 조심하시고 나중에 또 통화해요.

"네, 대표님. 고생하세요."

끝내 재건은 민호에 대한 이야기는 하지 않고 전화를 끊었다. 일이 확실해지고 나서 말해도 늦지 않을 터였다.

"출발한다, 리카."

재건의 차가 길 너머로 나아가기 시작했다.

리카는 조수석에 얌전히 앉아 눈을 질끈 감으며 하품을 하고 있었다.

17장
혼자가 아니다

민호의 사무실은 멀지 않았다.

차도도 한적한 시간대여서 재건은 20분 조금 넘게 걸려 목적지에 도착할 수 있었다.

"응? 뭐야, 이거 사무실이 아니고 그냥 빌라잖아?"

내비게이션에 찍힌 주소대로 달려와 선 곳은 후미진 주택가였다. 지은 지 20년은 훌쩍 넘긴 듯한 낡은 빌라가 눈앞에 가로놓여 있었다.

재건은 핸드폰을 꺼내 전화를 걸었다.

–네, 작가님. 어디쯤이세요?

"도착했는데요. 여기 지금 주황색 벽돌로 된 빌라 맞나요?"

–아아, 네. 잠시만요.

문이 덜컹 열리는 소리가 재건의 고막을 강타했다.

5초가 채 지나기도 전에 눈앞의 낡은 빌라에서 민호가 튀어나왔다.

설마 여기가 사무실일 줄은 몰랐기에 재건은 다소 놀란 표정으로 차에서 내려섰다.

"엄청 빨리 오셨네요, 하 작가님."

"네, 차가 전혀 안 막혀서요."

"우선 들어오시죠. 누추하지만 너그러이 이해해 주세요."

재건은 리카를 품에 안고 민호를 따라 빌라 안으로 들어섰다.

지하층에 위치한 B01호가 민호의 사무실이었다.

평수는 12평 내외일까.

거실 겸 큰방 1개와 작은방 1개, 그리고 협소한 주방과 화장실을 가진 구조였다.

결로현상과 곰팡이로 얼룩진 집 안은 몹시 휑했다. 제대로 된 가구나 가전이라고는 보이지 않았다.

낡아빠진 책상에 놓인 몇 대의 컴퓨터가 문득 재건의 눈에 들어왔다. 그나마 이곳이 작가들의 사무실이라는 것을 무기력하게 증명하고 있는 느낌이었다.

"하하하, 죄송합니다. 좀 상태가 나쁘죠?"

민호가 뒷머리를 긁적이며 멋쩍게 웃었다.

"작가들끼리 조금씩 돈을 모아 월세로 얻은 겁니다. 그전까지는 혼자 고시원에 있었는데, 이렇게 지내니까 훨씬 절약도 되고 좋습니다."

"아아, 네."

"일단 식사부터 하셔야죠. 어떤 거 드시겠습니까? 여기, 배달 음식 책자 있습니다. 전 다 좋아하니 편히 고르세요."

민호는 거듭 고개를 조아리듯이 말하고 있었다.

사실 그는 거의 제정신이 아니었다. 흥분으로 들썩이는 가슴이 도무지 진정되질 않고 있었다. 질풍처럼 흥행가도를 달리고 있는 작가 하재건이 여전히 무명에 지나지 않는 자신을 만나러 직접 찾아온 것이다.

"아구찜 어떠세요? 아니면 해물탕도 맛있습니다. 초밥도 주문하면 30분 정도면 배달됩니다."

"글쎄요. 저는 짜장면 먹고 싶은데요."

"짜장…… 면이요?"

"네, 여기 오기 전부터 짜장면이 먹고 싶었습니다."

재건이 웃으며 말했다.

민호의 형편이 좋지 못하다는 건 이미 파악했다. 빈곤한 그의 지갑에서 한 끼 점심값으로 많은 돈이 새어 나가는 것은 원하는 바가 아니었다. 민호의 자존심을 고려하면 자신이 밥값을 내겠다고 말하기도 어려웠다.

"정말…… 짜장면으로 괜찮으시겠습니까?"

민호가 난처한 듯한 표정으로 거듭 물었다. 여기까지 찾아온 재건에게 짜장면 한 그릇을 점심으로 대접한다는 것이 지금 그의 입장에서는 크나큰 결례였다.

"강 작가님은 짜장면 싫으세요?"

"아니요, 저도 무척 좋아합니다만 좀 더 좋은 걸로 드시지 않고요."

"맛있는 게 좋은 거죠. 저는 그냥 짜장면으로 시켜주세요. 간짜장보다 그냥 짜장을 더 좋아합니다."

"아…… 네, 그럼 시키겠습니다. 이 동네 짜장면 맛이 썩 괜찮기는 합니다. 아, 이거 그래도 영 죄송한데……."

민호는 심란한 얼굴로 중국집에 전화해 음식을 주문했다.

그가 전화를 끊자마자 재건은 기다렸던 사람처럼 즉시 질문을 던졌다.

"강민호 작가님, 저하고 계약하실 의향 있으세요?"

"계약이요?"

민호가 어리둥절한 표정이 되어 눈길을 날렸다.

"하재건 작가님, 혹시…… 매니지먼트 설립하셨어요?"

"아니요, 저는 그런 사업을 할 자질은 없습니다."

"그런데 무슨……?"

"말 그대로 저와의 계약입니다."

리카를 바닥에 내려놓으며 재건이 대답했다.

창가 쪽으로 우아하게 걸어가는 리카를 내려다보며 그는 말을 이었다.

"강민호 작가님의 이번 신작이 보다 좋아질 수 있도록 도와드리고 싶습니다."

"저, 저야 엄청 감사드릴 일입니다. 하지만 작가님께서도 작품 쓰시느라 계속 바쁘실 텐데 제가 죄송해서 어떻게……."

"아니요."

재건이 고개를 가로저으며 말을 잘랐다.

"말씀드렸다시피 계약입니다. 강민호 작가님의 글이 좋아질 수 있도록 도와드리는 대신 저 역시 원하는 조건이 있습니다."

"조건…… 이요?"

"래프북스라고 혹시 아세요?"

"아니요, 들어본 적이 없는데요."

"생긴 지 얼마 안 된 매니지먼트입니다. 서비스하고 있는 작품도 아직 하나뿐이고요. 바로 그 래프북스와 계약을 하시는 것이 저와의 계약 조건입니다."

"아아…… 네."

민호가 떨떠름한 얼굴로 애매하게 대답했다.

수많은 생각이 그의 머리를 관통하고 있었다.

어째서 자신을 래프북스와 계약을 시키려는 것인지가 가장 큰 의문이었다.

작품도 하나뿐인 신생 매니지먼트란 사실 역시 불안 요소였다. 영업 능력이 검증되지 않은 업체에 공들여 쓴 신작을 덜컥 내맡길 순 없는 노릇이었다.

거기에 대한 답은 재건이 먼저 스스럼없이 밝혔다.

"래프북스는 제가 무척 존경하는 편집자가 출판사를 퇴사하고 나서 만든 업체예요. 지금껏 참 많은 도움을 받았고 아직도 계속 받고 있어요. 한마디로 이건 래프북스와 강민호 작가님 양쪽 모두에게 좋은 일이 될 겁니다."

"아아, 네…… 으음? 어, 그렇다면……?!"

민호가 고개를 끄덕이며 납득하다 말고 놀란 얼굴을 치켜들었다.

"단 하나뿐인 작품이란 게 혹시…… 더 브레스?"

"네, 맞아요."

재건이 머쓱하게 웃으며 대답했다.

곧바로 민호가 목젖이 들여다보이도록 입을 쫙 벌렸다.

그리고 정확히 3초 후.

그는 미친 사람처럼 빠르게 고개를 끄덕여 대며 대답했다.

"가겠습니다. 래프북스와 계약하겠습니다."

"급하게 결정하시지 않아도 됩니다. 계약 조건은……."

"아니요, 다 상관없습니다. 어차피 알아서 잘해주실 텐데요. 하재건 작가님과 나란히 한솥밥을 먹게 된다니 저는 그걸로 대만족입니다."

민호는 호들갑이 아니라 진심이었다. '더 브레스'와 계약한 매니지먼트라는 사실 하나만으로 래프북스를 향한 그의 신뢰도가 한계까지 차올라 버렸다.

재건이 덧붙여 말했다.

"대표님 능력이 정말 좋으세요. 사람도 좋고요. 계약하셔도 후회하실 일은 없을 겁니다."

"아무렴요, 그럼요. 전 다 믿습니다. 아니, 믿는다는 말조차도 불필요하지요. 무조건 하 작가님 말씀대로 따르겠습니다."

딩동!

그때 현관의 초인종이 울렸다.

"앗, 식사 왔나 봅니다."

민호가 부리나케 달려가 문을 열어주었다.

예상대로 양철통을 든 배달원이 문턱 앞에 서 있었다.

"짜장면이랑 짬뽕 맞으시죠?"

"네, 맞습니다. 9,500원이죠?"

지갑을 꺼내 든 민호의 얼굴이 굳어들었다. 현금이 한 푼도 없었다는 걸 이제야 깨달았다.

그는 체크카드를 꺼내 들며 배달원에게 물었다.

"죄송한데 이걸로 안 되겠습니까?"

"미리 말씀 좀 해주시지. 카드기 안 가져왔는데요."

"이걸 어쩌나. 제가 현금이 없다는 걸 깜박해서⋯⋯."

"하루 이틀 드시는 분도 아니시니, 나중에 시키실 때 주시거나 나오시는 길에 주세요."

배달원이 사람 좋게 말하며 음식을 꺼내 놓고는 양철통을 다시 닫았다. 그가 허리를 펴고 돌아서려는 찰나, 어느새 다가온 재건이 돈을 내밀고 있었다.

"여기 돈 있습니다."

"아, 네. 감사합니다. 여기 잔돈이요. 맛있게 드세요."

돈을 받은 배달원이 나가고 문이 닫혔다.

민호는 민망해서 어쩔 줄을 몰라 하며 재건에게 고개를 숙였다.

"정말 죄송합니다. 제가 돈 찾는 걸 그만 잊어버려서요. 이따 동생 오면 바로 드리겠습니다."

"그러실 거 없습니다. 계약금이라고 생각하세요."

"네?"

"저하고도 계약하셨잖아요. 강민호 작가님 그 짬뽕 사드린 걸로 계약금 퉁 치려고 하는 겁니다."

"아하하하⋯⋯."

"빨리 가져가서 드시죠. 짬뽕 금방 불겠습니다."

"네, 작가님."

두 사람은 책상에 마주 앉아 점심을 먹기 시작했다.

배가 고팠던 재건은 진공청소기처럼 짜장면을 흡입했다. 그에 비해 민호는 그다지 입맛이 없는 표정으로 느릿하게 젓가락을 놀리고 있었다.

"저기, 하재건 작가님."

어느 순간 민호가 넌지시 입을 열었다.

재건은 짜장면을 전부 먹고 휴지로 입가를 닦는 중이었다. 슬쩍 민호의 짬뽕 그릇을 보니 절반도 채 먹지 못한 상태였다.

"말씀하세요."

"이런 거 여쭤봐도 될지 모르겠습니다만……."

말끝을 흐리며 머뭇거린 끝에 민호가 질문을 이었다.

"래프북스 대표님을 돕고 싶다고 하신 말씀은 이해가 갑니다. 그런데 왜 하필 저를…… 그니까 저보다 글을 잘 쓰는 작가들도 얼마든지 있을 텐데요. 저에게 가능성이 있다고 보십니까?"

비로소 재건은 질문의 요지를 파악했다.

지금 민호는 자신이 없는 것이다. 자신의 작품이 팔리기는커녕 누만 끼칠까 봐 오히려 겁을 집어먹고 있는 것이다.

"가능성은 충분히 있습니다."

재건이 진중해진 눈빛을 보내며 대답했다.

"작가 모임 때도 말씀드렸지만, 저는 이계대마왕 6권까지 전부 읽었습니다. 강민호 작가님 충분히 잘 쓰십니다. 기본기도 탄탄하시다고 생각해요. 다만⋯⋯."

재건이 말끝을 흐리며 정수기로 가 컵에 물을 따랐다.

불안한 마음으로 기다리는 민호에게 그의 말이 이어졌다.

"후반부가 약하시다는 게 제 판단입니다. 급격하게 이야기의 구심점이 흐트러져요. 흐지부지한 결말이 못내 아쉬웠습니다."

"으음⋯⋯ 네, 안 그래도 많이 지적당하는 부분입니다. 저스스로도 그렇게 생각하고요."

"그 부분만 보완하면 충분히 만족스러운 성과를 내실 수 있을 거라고 생각합니다. 그러실 수 있도록 제가 도와드리겠습니다."

"네⋯⋯."

민호가 목멘 소리로 대답하며 고개를 살짝 숙였다.

재건의 격려가 그의 가슴을 뭉클하게 만들고 있었다. 지금껏 살아오면서 작가로서의 자신에게 이토록 따스한 말을 건네준 사람은 손에 꼽을 정도로 적었다.

"작가 모임에 참석했던 건 제게 정말 행운이었네요."

식어가는 짬뽕을 내려다보며 민호가 중얼거리듯 말했다. 눈앞으로는 작가 모임이 열렸던 저녁의 풍경을 떠올리고 있었다.

망한 작가로서의 부끄러움을 무릅쓰고 참석했던 작가 모임이었다. 여러 작가로부터 글에 관한 이런저런 조언을 듣고, 그것을 발판으로 더욱 나은 글을 쓰고 싶은 열망 때문이었다.

어렵사리 참석한 그곳에서 재건을 만났다. 그와의 인연은 거기서 끝나지 않고 지금 이 순간까지 이어졌다. 민호로서는 거의 다 끝나가는 올 한 해 최고의 행운이라고 여길 수밖에 없는 일이었다.

"정말 열심히 해보겠습니다."

민호가 결연한 표정으로 재건을 향해 고개를 푹 숙였다.

그의 나이 올해로 서른넷. 자신보다 7살이나 어린 재건에게 고개를 거듭 숙이면서도 사심은 없었다. 배우는 입장에서 나이 따위는 중요하지 않다는 것이 그의 생각이었다.

"어제 보내주신 감상문 보고 정말 클래스가 다르다는 걸 느꼈습니다. 앞으로도 하 작가님을 통해 많이 배우고 싶습니다."

"너무 띄우시면 부담스럽습니다. 그럼 음…… 일단 2권 이후로 스토리 라인이 어떻게 될지 그것부터 보고 싶은데요."

"아, 네. 스토리 짜둔 거 보여드리겠습니다. 이쪽으로 오시죠."

재건은 컴퓨터를 통해 '지구에 떨어진 마왕'의 완결까지의 전개를 꼼꼼하게 읽었다. 그런 다음 마음에 걸리는 부분들을 하나하나 지적해 주었다.

민호는 귀를 쫑긋 세우고 들으며 부지런히 타자를 두드려 메모를 해두었다.

"……대충 이 정도 수정하시면 좋아질 것 같아요. 워낙 잘 쓰시니까요. 다른 방향으로 전개만 어긋나지 않게 1권처럼 쓰시면 될 거라고 생각합니다."

"와아, 하 작가님이 그렇게 말하시니 자신감이 장난 아니게 솟네요. 오늘 일 다녀와서 바로 쓰기 시작해야겠습니다."

"일이요?"

"아아, 네. 말씀을 못 드렸는데 저 야간에 편의점 알바 합니다. 생활비는 벌어야 하니까요."

민호가 쓰게 웃으며 뺨을 긁적였다.

당장 글로 수익이 없으니 무슨 일이든지 하지 않고는 살아갈 수가 없는 것이다.

재건은 작년의 자신을 떠올리며 희미한 웃음을 머금고 대답했다.

"저도 작년까지 편의점 알바 했었어요."

"……!"

민호가 즉시 믿어지지 않는다는 듯이 휘둥그레진 두 눈으로 쳐다봤다.

"정말이세요? 아니, 하재건 작가님은 더 브레스 이전에도 히트작이 여럿 있으시잖아요?"

"전부 올해부터 터진 거죠. 작년까지는 정말 곤궁했습니다. 가스비 아끼느라고 온수도 거의 못 쓸 정도로 힘들었어요."

"아아, 네……. 정말 몰랐습니다."

재건이 모니터 화면으로 시선을 돌렸다. 화면 가득 떠 있는 민호의 소설 줄거리를 동공에 담고서 그는 말했다.

"강민호 작가님도 편의점 그만두실 수 있을 겁니다. 자신감 가지고 쓰세요. 잘되실 겁니다."

"정말 고맙습니다. 죽을 각오로 써보겠습니다."

재건이 자리에서 일어나 겉옷을 챙겼다.

창틀에 앉아 조용히 바깥을 내다보고 있던 리카가 즉시 눈치를 채고 뛰어 내려왔다.

"가시려고요?"

"이만 돌아가야죠. 2권 완성되는 대로 보내주세요."

재건이 리카를 품에 안고 현관으로 향했다.

민호가 앞서 나가 문을 열어주었다.

"나오시지 마세요."

"요 앞인데요."

재건은 굳이 배웅을 나온 민호와 마지막으로 인사하고 차에 올랐다. 곧이어 시동이 걸린 차는 좁은 골목 바깥으로 서서히 멀어져 갔다.

민호는 그 자리를 지키듯이 서서 두 눈으로 차를 전송하고 있었다. 그런 그의 등 뒤로 한 청년이 다가와 섰다.

"누구야, 형?"

"아씨, 놀래라. 너 내가 등 뒤로 나타나지 말랬지?"

민호가 놀란 가슴을 쓸어내리며 핀잔을 던졌다. 같은 사무실에서 지내고 있는 동생이었다.

"누군데 그래? 우리 사무실에 차 끌고 나타날 만한 사람이 있었나?"

"작가님이셔."

"작가님? 누구?"

"넌 말하면 아주 그냥 기겁을 하고 쓰러질 거다. 엄청난 작가님이시거든."

민호의 말에 동생은 피식 하고 헛웃음을 터뜨렸다.

"어이구, 그러세요? 얼마나 대단한 작가님이시기에 이러시나? 더 브레스 쓰신 풍천유 작가님이라도 오셨었나 보지?"

"하하하."

민호가 고개를 들고 하늘을 우러러보며 웃음을 터뜨렸다.

동생은 자기 말이 재미있어서 웃는 줄 알고 그를 따라 가슴을 들썩이며 크게 웃기 시작했다.

서울의 하늘이 오래간만에 맑았다.

BIG LIFE

"역시 수상해."

등 뒤로 다가와 선 이 대리가 두 눈을 흘기며 말했다.

스타북스 사무실 옆의 여자 화장실이었다.

거울을 보며 머리를 꼼꼼하게 고쳐 묶고 있던 소미는 몸을 움찔 떨었다.

"머리 엄청 신경 써서 묶네? 맨날 질끈 묶더니 오늘은 어쩐 일로 당고머리? 귀여워 보이고 싶은 사람이라도 있나 보지?"

"그, 그런 거 아니에요. 그냥 좀 질린 느낌이 들어서 바꿔 보려고요."

소미가 거울 속의 이 대리와 눈을 맞추고 대답했다.

이 대리는 씩 웃더니 소미의 목덜미 위로 두 손을 뻗었다.

"어디 봐, 내가 해줄게."

"앗, 고맙습니다."

"이 정도는 해줘야지. 좋아하는 남자 만나러 가는데."

"정말……! 그런 거 아니라니까요, 대리님."

"알았어, 알았어. 반응 참 단순해서 재밌다니까."

이 대리는 쿡쿡 웃으며 능숙한 손길로 소미의 머리 모양을 만들어주었다. 그다음에는 자신의 포켓을 열어 화장품을 몇 개 꺼냈다.

"내 쪽 좀 봐."

"아, 아니. 괜찮아요. 저, 화장하곤 안 친해서……."

"티도 안 나게 가볍게만 두드려 줄게. 내 쪽 봐."

소미는 마지못한 척 이 대리에게 얼굴을 맡겼다.

이 대리의 패션 센스는 오래전부터 인정하고 있었다. 화장하는 기술도 남달랐다.

"어때? 거울 봐봐."

거울로 얼굴을 확인한 소미는 즉시 벌어진 입술 틈으로 탄성을 흘렸다.

"어머, 진짜 전혀 다르다. 티는 하나도 안 나는데."

"하나도 안 나진 않아. 아무튼, 잘해봐."

화장품을 도로 챙기며 이 대리가 하는 말이었다.

소미는 또 양 뺨이 발그레해져서 울 것 같은 표정으로 항변했다.

"자꾸 그렇게 말씀하시니까 정말 기분 이상해지잖아요."

"아니, 웹툰 계약 잘해보라는 건데?"

"네?"

"후후훗, 정말 단순해."

이 대리가 소미의 어깨를 가볍게 다독여 주고는 한발 먼저 화장실을 나섰다.

홀로 남은 소미는 다시금 거울을 통해 자신의 모습을 찬찬히 살펴보았다. 평소보다 아주 조금은 예뻐진 듯한 느낌이 들었다.

뒤이어 오늘 만날 사람이 머리에 떠오르면서 이유를 설명할 길도 없이 가슴이 콩콩 뛰기 시작했다.

"그럼 저 먼저 들어가 보겠습니다."

자리로 돌아온 소미가 옷과 가방을 챙기며 사무실 직원들에게 인사했다. 자기 자리에서 주식 시세를 확인하고 있던 편집장 경욱이 모니터 옆으로 얼굴을 쓱 내밀고는 물었다.

"소미 씨, 뭡니까?"

"네? 무슨 말씀이세요?"

"지금 5시밖에 안 됐는데 퇴근이냔 말이에요."

"아, 어제 말씀드렸는데. 오늘 하재건 작가님 웹툰화 진행 최종 계약일이요. 코믹 KT 가서 업무 끝내고 거기서 바로 퇴근한다고……."

"음, 그랬었나?"

경욱이 어딘가 못마땅한 말투로 중얼거렸다.

그는 의자 등받이에 커다란 몸을 기대고 다리를 꼬더니 거들먹거리듯이 말을 이었다.

"하 작가한테 회사카드 쓰지 마세요. 알겠습니까?"

"네……."

소미가 조금 주눅 든 얼굴로 고개를 끄덕였다.

파티션에 가려진 이 대리의 얼굴은 구겨진 채였다. 달싹이는 그녀의 입술이 '쪼잔한 새끼'라고 말하고 있었다.

"소미 씨한테만 하는 말이 아니에요. 다들 잘 들으세요. 요즘 걸핏하면 영업이랍시고 작가들 만나서 밥이다 술이다 헛돈들 쓰는데, 그만큼 결과나 가져오란 말입니다. 우리가 출판사 직원이지 푸드트럭입니까? 권태원인가 하는 예전 편집장은 어땠을지 몰라도 저는 간단히 안 넘어갑니다. 알겠습니까?"

"……."

"……."

아무도 대답이 없었다.

울컥한 경욱이 자리에서 벌떡 일어나며 목소리를 높였다.

"알겠습니까?!"

"네, 네."

"알아들었습니다."

마지못한 대답이 사무실 곳곳에서 되돌아왔다.

경욱은 두 뺨이 부풀 정도로 크게 한숨을 토해내며 도로 자리에 앉았다. 심기가 불편한 기색이 역력했다. 그는 분풀이할 대상을 찾듯이 두 눈을 번득이더니 기어코 소미를 손가락으로 가리키며 말을 이었다.

"소미 씨, 코믹 KT와 계약 끝나면 회사로 돌아와요."

"네? 오늘이요?"

"계약서 올리고 퇴근하란 말입니다."

이 대리가 자기도 모르게 고개를 번쩍 들었다. 설마 이렇게까지 유연하지 못하게 억지를 부릴 줄은 그녀도 몰랐다.

"……네, 알겠습니다."

소미가 침울한 낯빛으로 대답했다.

코믹 KT의 위치는 강남이다. 서두르더라도 사무실까지 왕복 1시간 30분은 소요된다.

오늘은 재건과 저녁을 먹기로 한 날인데. 아무래도 포기해야만 하는 걸까.

"표정이 왜 그래요? 제가 뭐 무리한 요구라도 하는 겁니까? 오늘의 일은 오늘 끝냅시다. 다음 날로 미루지 말고."

"알겠습니다, 계약 끝나는 대로 돌아오겠습니다."

소미가 고개를 숙여 인사하고는 몸을 돌렸다.

잠시 눈치를 보며 뜸을 들이던 이 대리는 슬그머니 일어나 소미를 따라나섰다.

"소미 씨, 괜찮아?"

"괜찮아요."

"왜 저런대, 진짜? 일찍 끝나도 사무실 오면 8시는 될 텐데. 어디 가서 뭔 일을 당했길래 엄한 데다 화풀이래? 진짜 짜증 격하게 난다."

소미는 씁쓸하게 웃을 수밖에 없었다. 자신을 위로하려고 평소보다 격하게 화를 내고 있는 이 대리의 마음이 고마웠다.

"힘내, 소미 씨. 오늘 예쁘다."

소미의 흐트러진 앞머리를 고쳐 주며 이 대리가 싱긋 웃었다. 등 뒤의 엘리베이터가 신호음과 함께 열리고 있었다. 소미는 뒷걸음질로 엘리베이터에 올라탔다.

"그럼 내일 봬요, 대리님."

"소미 씨도 고생해."

엘리베이터를 타고 내려온 소미는 건물과 연결된 복도를 지나 지하철역으로 걸음을 서둘렀다.

플랫폼에 도착하자마자 운도 좋게 지하철이 도착했다. 본격적인 퇴근 시간 직전이어서 승객은 그다지 많지 않았다. 소미는 울적한 얼굴로 문간 옆 손잡이를 잡고 섰다.

'다음으로 미루자고 말씀드려야지, 뭐.'

소미는 출입문 유리창으로 희미하게 비춰지는 자신의 모

습을 보고 있었다.

겨울용으로 고심 끝에 산 새 코트를 처음으로 입은 날이었다. 하의도 편안한 청바지가 아닌 스커트였다.

이 대리의 말이 맞았다. 오늘 아침 출근할 때부터 신경을 쓴 건 사실이었다. 하지만 이제는 아무래도 좋았다. 재건과의 저녁 식사가 허공으로 날아가 버렸으므로.

멍하니 잡념에 빠져 있다 보니 내려야 할 역에 도착했다.

문이 열리고도 시간이 더 지나서야 정신을 차린 소미는 화들짝 놀라서 가방을 어깨에 멨다.

"죄송합니다. 내릴게요. 죄송합니다."

소미는 어느새 부쩍 늘어난 승객들을 헤치고 가까스로 내렸다.

"휴, 겨우 내렸네."

안도의 한숨을 내쉬며 시계를 보니 약속 시각까지는 아직 20분가량 남아 있었다.

'지하철은 언제쯤 익숙해질까.'

약속 장소로 향하며 소미는 고향 동해의 한적한 풍경을 떠올렸다. 어딜 봐도 사람들로 가득하지만 외롭기만 한 것이 그녀의 서울 생활이었다.

가족과 바다가 보고 싶어졌다.

코믹 KT 사무실이 있는 건물은 역에서 멀지 않았다. 소미는 금세 도착해 1층 한구석의 의자로 가 몸을 앉혔다. 재건과 이곳에서 만나기로 되어 있었다.

'그림이나 그려야지.'

소미는 시간을 죽일 겸 가방에서 펜과 낙서 전용 노트를 꺼내 들었다.

뭘 그릴까 생각하다 그리기 시작한 것은 최근 가장 재미있게 읽고 있는 '더 브레스'의 두 주인공이었다. 귀여운 2등신 캐릭터의 기사와 드래곤이 빠르게 윤곽을 잡아가고 있었다.

'후후후, 드래곤이 너무 유아틱한가?'

소미는 혼자 쿡쿡 웃으며 그림 그리기에 열중했다.

중학생 때부터 그림 그리기를 좋아했었다. 어찌나 몰입했는지 한참 전부터 자신에게 그림자를 드리우고 선 재건의 존재조차 깨닫지 못했다.

"이야, 그림 잘 그리시네."

"어? 하, 하 작가님?!"

소미가 깜짝 놀라서 고개를 쳐들었다. 재건은 감탄스러운 표정으로 허리를 굽히고 서서 그녀의 그림을 들여다보는 중이었다.

"재능이 많으시구나. 이 정도로 그리려면 얼마나 열심히 그려야 되는 거예요?"

"아, 아니에요. 그냥 낙서한 거예요, 작가님."

소미가 달아오른 얼굴로 황급히 노트를 덮으려 했다. 하지만 그보다 한발 빠르게 재건의 손이 노트를 잡았다.

"어? 이거 제 소설 주인공 아니에요?"

"으으······!"

"맞죠? 더 브레스 맞죠?"

재건이 웃음을 머금고 거듭 물었다.

소미는 부끄러워서 이도 저도 못하고 얼굴만 붉혔다. 그런 그녀에게 재건은 한술 더 떠서 요구를 해왔다.

"이 그림 저 주세요."

"네? 이, 이걸 어디다 쓰시려고요?"

"더 브레스 연재하고 있잖아요. 삽화로 넣게요."

"아······ 안 돼요. 그림 구려요."

"전혀 안 구려요. 주실 거죠? 네?"

두 눈을 빛내며 부탁하는 재건의 청을 도무지 거절할 수가 없었다.

끝내 소미는 울상을 한 얼굴로 어렵게 대답했다.

"그럼 완성을 한 다음에······."

"이대로도 괜찮은데."

"그건 정말 안 돼요. 제가 완성해서 드릴게요. 최대한 빨리 드릴 테니까 조금만 기다려 주세요."

재건이 웃으며 고개를 끄덕였다.

순간이나마 편집자인 그녀와 작가인 자신의 입장이 뒤바뀐 느낌이 들어 우스웠다.

소미는 황급히 노트와 펜을 가방에 넣고는 자리에서 일어섰다.

"그, 그럼 일단 바로 올라가실까요?"

"네, 가시죠."

소미가 황망히 앞장을 섰다.

부끄러운 마음 탓에 자기도 모르게 걸음이 빨랐다.

재건은 보폭을 넓혀 그녀를 쫓으며 질문을 이었다.

"원래 그림 그리셨어요?"

"아으, 작가님. 그 얘긴 창피하니까 묻지 말아주세요."

"뭐가 창피해요? 정말 잘 그리시던데요."

재건의 말은 진심이었다. 전문적으로 그림을 배운 적은 비록 없지만 한눈에 봐도 잘 그린 그림이었다. 소미에게 숨겨져 있던 의외의 면모를 본 느낌이어서 그 역시 조금은 흥분했다.

"그냥…… 취미로 조금."

"취미로 그리고 말 수준이 아니신 것 같은데?"

엘리베이터가 도착하고 두 사람이 몸을 실었다.

소미가 8층 버튼을 누르고는 고개를 딴 곳으로 돌리고 대답했다.

"좋게 말씀해 주시니 감사하지만…… 재능이 없어요. 일
러스트는 개성이 부족해서 힘들고, 만화는 연출을 못해서 어
렵고요. 대학 시절까지 하다가 포기했어요."

"으음, 네……."

'그래서 편집자가 된 건가' 하고 속으로만 생각하는 재건이
었다. 이야기를 더 하다 보면 민감한 주제가 될 수도 있을 것
같아서 일단은 말을 아끼기로 했다.

BIG LIFE

계약은 금세 끝났다.

사전에 조율을 다 마친 상태였기 때문에 완성된 계약서를
보고 도장을 찍기만 하면 되는 일이었다.

재건과 소미는 10분도 채 걸리지 않아 계약을 끝마치고 자
리에서 일어섰다.

"그럼 잘 부탁드리겠습니다."

"그럼요, 작가님. 원작이 워낙 좋아서 스토리 작가가 각색
하는 데 어려움이 없답니다. 조만간 분량 좀 나오면 바로 보
내드리겠습니다."

"네, 그럼 수고하세요."

재건과 소미는 직원의 배웅을 받으며 나란히 코믹 KT 사무실을 나섰다. 엘리베이터로 걸음을 옮기며 재건은 핸드폰을 꺼내 들었다.

"6시 반도 안 됐네요. 시간 여유롭네."

"아아……."

소미가 난처한 기색으로 입술을 열었다. 그림을 그리다 들켜 버린 일 때문에 정신이 없어서 깜박 잊고 있었다.

"뭐 드시고 싶으세요? 서울 안이면 어디든 괜찮습니다."

"저기, 하 작가님. 죄송한데요."

소미가 가방을 잡은 두 손을 앞으로 모으고 서서 두 눈을 치켜떴다. 재건은 왜 그러냐는 듯한 눈빛으로 내려다보고 있었다.

"정말 죄송한데 사무실로 들어가 봐야 해요. 계약서를 오늘 내로 올려야 하거든요. 제가 아까 말씀드리려고 했는데 그만 깜박 잊어버렸어요."

재건이 무슨 말을 할까 두려워 소미는 빠르게 말을 이었다.

"아니면 정말 죄송하지만 여기서 조금만 기다려 주시면 제가 후다닥 갔다 돌아올 수도 있겠지만, 하지만 그럼 작가님은 또 여기서 기다리셔야 하고, 그건 제가 너무 죄송스런 일이고 또……! 작가님과의 약속을 이렇게 어기게 되는 것도 너무 죄송하고 아……."

스스로 뭐라고 말하고 있는지 갈피가 잡히지 않는 소미였다.

그때 도착한 엘리베이터의 문이 열렸다. 재건은 소미와 함께 올라타면서 1층이 아닌, 지하 2층 버튼을 누르고 있었다.

"같이 가요."

소미가 놀란 두 눈으로 쳐다보았다.

재건은 어디까지나 대수롭지 않다는 듯이 말하고 있었다.

"계약서만 올리시면 된다면서요? 아래에서 기다리죠, 뭐."

"아…… 작가님, 그건 제가 너무……."

"어차피 강남 쪽은 먹기 정신없잖아요. 소미 씨 집도 노량진이고, 회사 쪽으로 가도 되죠?"

문이 열리자 소미는 재건을 따라 의아한 표정으로 엘리베이터에서 내렸다.

"저쪽이에요."

리모컨 쥔 손을 한쪽으로 뻗으며 재건이 말했다.

한구석에 주차되어 있던 검은색 차가 불빛을 밝히고 있었다.

"하 작가님, 차 있으셨어요?"

"살다 보니 필요해서 큰맘 먹고 샀습니다. 리카도 있고 가족들하고도 가끔 써야 하고 그래서요."

"아, 네. 차가 깔끔하고 예뻐요."

"고맙습니다. 타세요."

재건이 직접 조수석 문을 열어주었다.

"좀만 참으세요. 히터 금방 나오니까."

"아니에요. 작가님. 아무렇지도 않아요."

소미가 말려 올라간 스커트 끝자락을 슬그머니 끌어내리고는 안전벨트를 맸다.

재건은 핸들을 잡고 액셀을 밟았다. 미끄러지듯 주차장을 빠져나간 차가 도로를 달리기 시작했다.

"정말 죄송해요, 작가님. 약속해 놓고 이런 일이 생겨서요."

"무슨 말씀이세요. 일이 더 중요하죠. 그리고 금세 끝날 건데요, 뭐. 드라이브한다고 생각하세요."

"네……."

소미는 라디오에서 흘러나오는 음악을 들으며 창밖을 바라보았다. 태원의 차 조수석에서 봤을 때와는 전혀 다른 느낌.

불빛이 반짝이는 밤의 도시는 어딜 봐도 설레는 풍경이었다.

시간이 흘러 스타벅스 사무실 건물 주차장에 도착했다.

소미는 재빨리 가방을 챙겨 차문을 열고 내렸다.

"금방 내려올게요, 작가님."

"천천히 오세요."

사무실로 올라가는 내내 소미는 기뻐서 폴짝폴짝 뛰고 싶은 심정이었다. 이제 깔끔하게 일을 끝내고 재건과 편안하게 저녁을 먹을 수 있게 된 것이다.

"이제 와요?"

"아? 편집장님, 계셨어요?"

사무실로 들어선 소미는 얼굴이 살짝 굳었다.

야근으로 남아 있어야 할 고 대리는 보이지 않았다. 평소에는 6시가 되기도 전에 퇴근하던 경욱만 혼자 자기 자리에 앉아 있을 뿐이었다.

"계약서 가져왔습니다."

"음, 그래요. 이리 줘요."

소미가 두 손으로 정중히 계약서를 내밀었다. 그녀가 내민 계약서를 받아 든 경욱이 몸을 일으키며 말했다.

"저녁 아직 안 먹었죠? 나랑 같이 먹읍시다."

뜻밖의 제안에 소미는 순간 할 말을 잃었다.

하지만 이내 정신을 차리고는 대답했다.

"아, 편집장님…… 죄송하지만 오늘 선약이 있어서요."

보통은 선약이라는 말에 넘어가게 마련이다.

소미도 당연히 그럴 거라고 생각했다.

하지만 경욱은 한 번에 물러서지 않고 매달렸다.

"그래요? 난 일 좀 하다 보니 소미 씨 올 때도 됐고 해서 같이 저녁 먹으려고 배고픈 거 참고 기다리고 있었는데. 뭐 중요한 약속이에요?"

"네, 조금……."

경욱이 아쉽다는 듯이 입맛을 쩝쩝 다시며 자기 자리에 도로 앉았다.

"어쩔 수 없죠. 그럼 뭐 다음에 합시다. 어디로 가요? 가는 길이면 태워줄게요."

"아니에요, 알아서 갈 수 있어요. 그럼 이만 가 볼게요. 편집장님도 조심히 들어가세요."

경욱은 종종걸음으로 사무실을 나서는 소미의 뒷모습을 멀거니 바라보았다.

마치 닭 쫓던 개가 지붕 쳐다보는 듯한 눈초리였다.

'남자가 있나? 에이, 그냥 친구겠지.'

경욱은 혀를 끌끌 차면서 하고 있던 게임을 껐다.

미리 약속이 있었냐고 물어봤으면 좋았을 것을.

이제는 아무런 소용도 없는 후회를 하면서 그는 겉옷을 챙기고 있었다.

'하는 짓 싹싹하고 강아지처럼 귀여운 게 딱 내 스타일인데 말야. 어려서 피부도 탱탱하고 말이지.'

경욱은 못내 아쉬운 기색으로 자리에서 일어섰다. 어차피 같은 사무실이니 앞으로도 기회는 많이 있으리라.

그렇게 스스로를 위안하며 친구에게 전화를 걸었다.

"여보세요, 정택이냐. 나 경욱인데 오늘 한잔 어떠냐? 좋은 데 가서 내가 쏠게. 어? 야, 그때 갔던 룸? 여자들 얼굴 외우겠다, 새꺄. 다른 데 있어. 어, 그래. 지금 회사에서 나가는 중이니까 30분쯤 후에 역삼에서 보자."

전화를 끊은 경욱은 휘파람을 불며 사무실을 나섰다.

복도를 지나 엘리베이터 앞에 도착하니 몇몇 사람이 서 있었다. 소미의 모습은 보이지 않았다.

'그새 내려갔나. 엄청 빠르네.'

경욱은 사람들 틈바구니에 섞여 엘리베이터에 올랐다.

문이 닫히며 그의 모습이 사라지고 잠시 후, 여자 화장실에 숨어 있던 소미가 슬그머니 나오고 있었다.

'괜히 마주치기라도 하면 곤란하니까.'

소미는 경욱이 항상 차를 대는 위치도 알고 있었다. 그래서 일부러 재건의 차도 사무실 쪽과 반대편 주차장으로 안내해 두었다. 다시 만나서 좋을 일이 없는 두 사람이니까.

소미는 복도를 뒤로 돌아 다른 엘리베이터를 타고 지하주차장으로 내려갔다. 재건은 차 안에서 음악을 들으며 기다리고 있었다.

"늦어서 죄송해요. 오래 기다리셨죠?"

"15분도 안 지났는데요. 다 끝나신 거예요?"

"네, 완전히 끝났어요."

소미가 배시시 웃으며 조수석에 올라탔다. 히터가 줄곧 작
동되고 있던 차 안이 무척 따스하고 안락했다.

"자, 뭐 먹으러 갈까요?"

"으음……."

잠시 생각한 끝에 소미가 손뼉을 치며 입을 열었다.

"날도 춥고…… 해물탕 어떠세요? 맛있게 잘하는 곳 있는
데 여기서 얼마 안 멀어요. 내비 안 찍고 가셔도 돼요."

"좋죠, 그럼 갑니다."

재건은 흔쾌히 수락하며 핸들을 잡고는 액셀을 밟았다.

소미의 말대로 식당은 멀지 않아 5분 만에 도착할 수 있
었다.

차를 대고 식당으로 들어서니 맛있는 집으로 유명한 곳인
지 손님들이 바글바글했다.

"어서 오세요, 몇 분이세요?"

"둘이요."

"이쪽으로 오세요."

두 사람은 종업원의 안내를 받아 벽과 면한 구석의 테이블
로 자리를 잡았다. 재건은 겉옷을 벗으며 메뉴판을 슬쩍 보
고는 종업원에게 말했다.

"해물탕 대 자로 주세요."

"하 작가님, 우리 둘이서 다 못 먹어요."

소미가 즉시 만류했지만 재건은 굽히지 않았다.

"다 먹을 수 있어요. 큰 거 시켜야 이것저것 많이 잘 나오죠. 그죠?"

"호호호, 네. 잘해드릴게요."

각종 해물이 산더미처럼 쌓인 냄비가 테이블 위로 놓였다.

가리비, 낙지, 키조개, 전복, 꽃게, 새우 등등 없는 게 없었다. 종업원은 부글부글 끓는 냄비 안을 집게와 가위로 헤치며 먹기 좋도록 손질까지 해줬다.

"이거 먼저 드셔보세요, 작가님."

"오, 맛있네요. 쫄깃하다."

"이것도요, 제가 더 잘라드릴게요. 여기요."

소미가 부지런히 재건의 접시에 각종 해물들을 덜어주었다. 한동안 감탄하며 받아먹던 재건은 소미 쪽으로 국자를 돌려주며 말했다.

"소미 씨도 드세요. 저 혼자만 먹고 있잖아요."

"먹을 거예요. 여기 어떠세요?"

"맛있는데요. 자주 오게 될 거 같아요. 단골이세요?"

소미가 웃으며 도리질을 해 보였다.

"막내 편집자가 단골로 삼기엔 좀 많이 비싼 곳이구요. 사무실 동료들하고 한 번 같이 왔었어요. 간도 좋고 해물들도 신선해서 동해에서 먹는 맛이랑 비슷해요."

"그러게요, 정말 맛있네. 좋은 곳 알려주셔서 고마워요."

"고마운 건 저죠. 이렇게 비싸고 맛있는 것도 얻어먹고."

"소주 한잔하실래요? 저, 대리 불러도 되는데."

"저 때문에 굳이 그렇게 하실 필요 없으세요. 저는 안 마셔도 괜찮아요."

"그럼 오늘은 소주 대신 탄산으로 가죠."

재건과 소미는 식사를 하면서 즐겁게 이야기꽃을 피웠다.

술을 마시지 않았는데도 어색함이 없었다.

여름에 처음 만났는데 벌써 새해를 코앞에 둔 겨울이다. 여러 일을 함께 겪어왔다. 두 사람은 어느새 술기운을 빌리지 않아도 될 만큼 친밀해져 있었다.

"소미 씨, 그림들 좀 보여주시면 안 될까요?"

배가 불러오면서 먹는 속도가 현저히 느려지기 시작할 즈음 재건이 물었다. 그림을 보여 달라고 부탁하고 싶은 마음을 내내 참고 있었지만 슬슬 한계였다.

"제 그림이요?"

"정말 잘 그리셔서 그래요. 그림 그리시는 분들은 포폴 가지고 다니던데요. 포트폴리오요. 제 느낌엔 소미 씨가 항상 가지고 다니시는 저 태블릿에 뭔가가 많이 숨겨져 있지 않을까 싶거든요?"

재건이 짓궂게 웃으며 소미의 가방에서 머리를 삐죽 내민 태블릿 PC를 가리켰다.

소미는 즉시 당황스러운 표정으로 재건의 추측이 맞음을 수긍해 버렸다.

"아…… 정말 부끄러운데요. 그리고 제대로 완성한 그림은 거의 없어요."

"보고 싶어요. 조금만이라도, 네? 부탁해요."

"으으, 그럼 조금만 보여드릴게요."

소미가 태블릿 PC를 꺼내 들고 전원을 켰다. 그리고 손가락으로 화면을 잠시 훑더니 재건에게 넘겨주었다.

재건이 태블릿 PC를 받아 들자마자 그녀는 두 손바닥에 얼굴을 파묻었다.

"와아!"

첫 그림을 보자마자 탄성부터 흘러나오는 재건이었다.

귀엽고 여성적인 그림일 거라고 예상했는데 전혀 아니었다. 시작부터 갑옷을 입고 말을 탄 극화풍의 기병이 화면을 가득 채우고 있었다. 선이 굵은 기병이 뿜어내는 위압감이 마치 모니터 밖까지 뚫고 나오는 듯했다.

"최고다! 남자 캐릭터를 이렇게 잘 그리셔요? 이야, 여캐도 완전 남성향이시네? 바리에이션 대박인데?"

재건은 감탄을 연발하며 계속해서 페이지를 넘겼다.

순정만화 쪽의 여성 캐릭터가 아니었다.

남성 독자들이 좋아할 풍만하고 뇌쇄적인 여성 캐릭터들이 주를 이루고 있었다.

"이 정도 잘 그리시는데 재능이 없다고요? 너무 속단하신 거 아니에요, 소미 씨?"

"자꾸 띄우지 마세요. 저 지금 고개도 못 들고 있어요."

바로 그때였다. 정신없이 그림을 들여다보고 있는 재건의 옆으로 한 젊은 여자가 조심스레 다가와 그림자를 드리우며 섰다.

"저기요, 실례할게요."

"으음…… 네?"

재건과 소미가 동시에 고개를 들고 쳐다보았다. 조금 떨어진 자리에서 식사를 하던 여성 손님이었다. 3~4명쯤 되는 그녀의 일행들은 서로 속닥거리며 재건 쪽을 쳐다보고 있었다.

"무슨 일이시죠?"

"그게요, 혹시 하재건 작가님이세요?"

"아아, 네. 맞습니다."

이제는 처음 겪는 일도 아니기에 재건은 당황하지 않고 담담하게 대답했다. 여자는 감격한 표정으로 제 입을 가리더니 일행 쪽을 향해 손짓했다.

"야, 와봐. 맞으시대."

일행들이 우르르 재건의 자리로 몰려왔다. 모두 30대 전후로 보이는 여자들이었다.

그녀들은 전부 재건의 옆에 모로 앉아서는 앞다투어 말을 붙이기 시작했다.

"어쩜 좋아, 정말 하재건 작가님이시네!"

"멍청한 여자 너무 잘 읽었어요, 작가님. 저희가 직장인 독서 모임이거든요. 얼마나 감동적으로 읽었는지 몰라요. 여기 있는 저희들 전부 최소 3번씩은 읽었을 거예요."

"네이빈 인터뷰 사진보다 실물이 훨씬 잘생기셨다."

"지금은 또 어떤 소설 쓰시고 계세요? 이번에도 멍청한 여자처럼 드라마인가요? 전 그런 게 좋거든요."

일일이 대답하기가 불가능할 정도로 속사포처럼 질문이 날아들고 있었다.

그래도 재건은 최선을 다해 차분하게 그녀들의 질문에 하나하나 응해주었다.

"갑자기 왜들 저리 몰려 갔어? 저 남자 뭐 연예인이야?"

"모르겠다. 내가 어지간한 방송은 다 꿰는데 본 적 없는 얼굴인 거 같은데?"

주변 손님들을 비롯해 종업원들조차도 기이한 눈초리로 재건 쪽을 힐끗거리고 있었다.

대화를 들을 수 있다면 재건이 작가라는 사실을 알 수도 있었겠지만 그러기엔 식당이 지나치게 시끄러웠다.

'정말 많이 성장하셨구나.'

독자들에게 둘러싸여 진땀을 빼는 재건의 맞은편.

소미는 다문 입술에 희미한 미소를 머금은 채 재건을 바라보고 있었다.

두 눈이 부셔왔다.

형광등 불빛 탓이 아니었다.

불과 반 년 사이에 부쩍 성장한 재건으로부터 흘러나오는 후광이었다.

"작가님, 실례지만 저희 기념사진 한 방 같이 찍어주실 수 없을까요?"

한 여자가 핸드폰을 들어 보이며 물었다.

재건은 소미의 기색을 힐끔 살피고는 고개를 끄덕였다.

"네, 괜찮습니다. 그러시죠."

"제가 찍어드릴게요. 이리 주세요."

소미가 여자로부터 핸드폰을 받아 들었다.

여자들은 각각 재건의 등 뒤와 양옆으로 자리를 잡더니 흐트러진 머리와 옷매무새를 재빨리 고쳤다.

"찍을게요. 하나, 둘, 셋……."

플래시가 터지고 한 장의 사진이 핸드폰에 남았다.

소미가 건넨 핸드폰을 되돌려 받으며 여자가 떠보듯이 물었다.

"그런데…… 여자 친구분?"

질문을 받은 소미는 마시던 물을 흘릴 뻔했다. 술 한 잔 마시지도 않았는데 빨갛게 된 얼굴로 그녀가 양손을 내저었다.

"아니, 아니요. 저는 출판사 편집자예요."

"아아, 네. 그러시구나. 너무 예쁘세요."

"그러게, 피부도 하얗고. 당고머리 진짜 잘 어울리신다."

"근데 두 분은 어떻게 만나신 거예요?"

"야, 편집자라고 하시잖아. 방금 들은 걸 까먹니? 이제 그만 비켜드리자. 두 분 식사하시잖니."

여자 중 그나마 술을 덜 마신 한 사람이 이성을 되찾고 일행을 끌어냈다. 그녀들은 제자리로 돌아가기에 앞서 몇 번이나 재건에게 고개를 조아렸다.

덕분에 재건도 엉거주춤하게 일어나 묵례를 해야만 했다.

"후우, 죄송해요. 소미 씨."

"아니에요. 괜히 저까지 우쭐해지던데요? 유명 작가님하고 동석한 편집자여서."

"놀리지 마시고요. 아, 그럼 남은 거 봐야지."

재건이 소미의 태블릿 PC를 집어 들었다.

그러고는 팬들로 인해 잠시 내려놓았던 감탄을 이어가기 시작했다.

맞은편에 잠자코 앉아 있는 소미는 즐거우면서도 한편으

로는 초조함을 느끼고 있었다.

'이 자리가 끝나고 나면⋯⋯.'

오늘 헤어지고 나면 언제 또 재건을 볼 수 있을까.

지금 소미의 생각은 그것뿐이었다.

다시 재건을 만날 업무적인 구실은 아무리 생각해도 더 이상은 없었다.

'나 같은 일개 편집자는 점점 더 보기 힘들어지겠지?'

재건은 줄기차게 좋은 작품들을 쏟아낼 것이다. 당연히 그만큼 더욱 높은 곳까지 올라가게 될 것이다.

이것은 소미의 또렷한 믿음이었다. 그렇게 되지 않을 리가 없었다.

"잘 봤어요, 소미 씨."

상념에 잠긴 소미는 자신을 부르는 소리도 듣지 못했다.

재건이 눈앞으로 손바닥을 흔들어 보이자 비로소 화들짝 정신을 차리고 두 눈에 초점을 되찾았다.

"네, 작가님. 말씀하세요."

"그림 잘 봤다고요. 정말 좋았습니다."

태블릿 PC를 소미에게 건네며 재건은 말을 이었다.

"이 정도면 외주도 충분히 하시겠는데요?"

"아아, 네. 그냥 좀⋯⋯."

"딱히 하면 안 된다는 규정도 없잖아요. 정 회사 사람들 신경 쓰이시면 다른 이름으로 하셔도 되고요."

"그런 것보단 자신감이 없어서요."

드르륵!

재건의 핸드폰이 몸을 떨며 빛을 뿜었다.

민호로부터 날아든 메시지였다.

내용을 확인한 재건은 쿡쿡 웃으며 소미에게 말했다.

"아는 작가님이신데요. 주변에 단가 저렴하고 괜찮은 일러스트레이터 있으면 소개 좀 해달라고 하는데요. 유료 연재 준비하는 중이거든요."

"아아…… 네."

"매니지먼트 통하면 알아서 해주겠지만 보통 정해주거나 마음에 안 드는 경우가 많잖아요. 사비를 털어서라도 일러스트로 하고 싶은가 본데. 어떠세요? 소미 씨 포폴 좀 보내보실 의향 없으세요?"

"……!"

소미가 두 눈을 동그랗게 뜨고 침을 꼴깍 삼켰다.

그림에 자신감이 없다는 건 진심이었다.

재건의 칭찬으로도 해결되지 않을 부분이었다. 그러니까 이건 바로 사양해야 할 일이었다. 하지만 지금의 소미는 그럴 수가 없었다.

이 일을 수락하면 재건과의 인연을 조금이라도 더 이어갈 수 있게 될 테니까.

한 번이라도 더 얼굴을 볼 수 있게 될 테니까.

시끌벅적한 식당 안에서 두 사람 사이에만 침묵이 흘렀다.

소미는 두 눈을 내리깐 채 심각한 표정을 유지하는 중이었다. 끝내 재건이 쓴웃음을 지으며 말을 건넸다.

"미안해요. 제가 너무 서두른 거 같은데 부담스러우시면 천천히 생각을 하셔도……."

"할게요!"

고개를 든 소미가 결연해진 눈빛으로 대답했다.

도리어 조금은 놀라 버린 재건에게 그녀는 또박또박 말을 이었다.

"자신은 없지만 해볼게요. 집에 돌아가는 대로 포폴이 될 만한 그림들 모아서 하 작가님 메일로 보내드릴게요."

재건이 반가운 미소로 손가락을 딱 하고 튕겼다.

"잘 생각하셨어요. 재능을 썩히시면 안 되는 겁니다. 나중에 제 표지도 해주세요. 아셨죠?"

재건이 소미와 자신의 유리컵에 콜라를 가득 따랐다. 그러고는 탄산이 부글부글 끓는 컵을 들며 건배를 재촉했다.

"건배하시죠. 아, 건배사가 있어야지. 흐음, 낮에는 촌철살인의 편집자, 하지만 밤에는 감성 폭발하는 일러스트레이터로 거듭나게 될 정소미 씨를 위하여, 건배."

"뭐예요, 그게. 이상해요, 하 작가님."

"빨리 건배나 하시죠. 그리고 원샷입니다."

"네에? 이걸 어떻게…… 저 탄산에 약해요."

"원샷 못 하면 여기 계산입니다."

재건이 먼저 컵 가득한 콜라를 벌컥벌컥 마시기 시작했다. 울상을 한 소미가 뒤따라 컵을 입으로 가져갔다.

두 사람 다 반도 못 먹고 컥컥거린 끝에 서로의 얼굴을 쳐다보며 웃음을 터뜨렸다.

"아, 기분 좋아지네. 밥 먹고 나서 노래방 갈까요?"

"노래방이요? 저는 좋은데 작가님 괜찮으시겠어요? 글도 쓰셔야 할 텐데."

"저 광속으로 쓰는 거 아시잖아요. 그럼 이 자리 끝나고 노래방 콜?"

"……콜."

소미가 손가락으로 동그라미를 만들어 보이며 수줍은 듯이 대답했다.

더 이상 초조한 마음은 없었다. 지금 이 시간이 소중한 것이다. 미련이 남지 않도록 최선을 다하자고 다짐하면서 소미는 컵에 남은 콜라를 모조리 들이마셨다.

18장
따스한 연말입니다

"후우, 드디어 정산일이네."

크리스마스가 지나가 버린 12월 27일의 아침.

동미는 산뜻한 얼굴로 중얼거리며 컴퓨터 앞에 의자를 당겨 앉았다.

오늘은 문피앙의 정산일이었다. 문피앙의 정산 기간은 전월 28일부터 당월 27일까지다.

태원은 누적된 피로 때문에 여전히 방에서 꿈나라를 헤매고 있었다.

동미는 태원의 코골이를 들으며 문피앙에 접속했다. 아이디와 비밀번호를 입력한 다음 그녀는 풍천유의 작품 '더 브레스'의 정산 결과를 화면에 띄웠다.

작품 : 더 브레스

유료웹소설 구매 : 2,681,448건

유료웹소설 총판매액 : 268,144,800원

유료웹소설 정산액 : 168,931,224원

세금 : 5,574,730원

실지급액 : 163,356,494원

"대박이야……!"

매일같이 확인해도 감격은 줄어들지 않았다.

오늘도 어제보다 늘어난 금액이 동미를 기쁨으로 부르르 떨게 만들었다. 세금을 제하지 않은 유료웹소설 정산액의 3할이 래프북스의 몫이었다.

그간 재건은 경이로운 속도로 원고를 써 보냈다.

덕분에 매일같이 '더 브레스'를 5편씩 연재할 수 있었고 급기야 이런 놀라운 결과를 끌어낸 것이다.

"이건 정말 역대급이야. 한 달이 다 지난 것도 아닌데."

'더 브레스'는 12월 초순에 연재를 시작했다. 한 달을 온건히 채웠다면 더욱 큰 수익을 거둬들이고도 남았으리라.

심지어 이것은 문피앙에서만의 매출이다.

이제 '더 브레스'는 태원의 영업 결과에 따라 네이빈 스토어, 코코아 페이지, 그리고 유토북스까지 여러 업체로 침투를 개시하게 된다. 얼마나 큰 수익이 나오게 될지 동미는 감조차 잡을 수가 없었다.

"저이도 아직 자고 내가 전화 드려야지."

동미는 지체 없이 태원의 핸드폰을 손에 들었다.

생활비를 비롯해 올라갈 전세금 걱정에 그간 얼마나 빠듯했었는지. 이 모든 근심을 단번에 지워준 작가에게 한시라도 바삐 감사의 마음을 전해야만 했다.

잠시 신호음이 울린 끝에 전화가 연결되었다.

─네, 대표님.

"하재건 작가님, 안녕하세요. 저 권 대표 아내 되는 신동미입니다."

─아아, 네. 안녕하세요.

수화기 저편에서 약간은 당혹한 재건의 목소리가 되돌아왔다. 동미는 웃음을 감추지 못하고 두 손으로 핸드폰을 붙잡은 채 말을 이었다.

"너무 좋은 글 써주셔서 우선 통화로라도 감사드리고 싶었어요. 오늘이 문피앙 정산일인 거 아시죠? 하 작가님 수익이 엄청나세요."

─고맙습니다, 저야 대표님 덕을 많이 본 거죠.

"꼭 한번 집으로 모시고 싶어요. 예전부터 하 작가님 몸보신이라도 하시도록 좋은 음식 대접해 드리고 싶었거든요. 남편이랑 말씀해 보시고 꼭 한번 와주셨으면 좋겠어요.”

　-네, 그럼요. 초대해 주시면 꼭 가겠습니다.

　“네네, 꼭 와주시면 감사하겠습니다. 그리고 하 작가님, 혹시 뭔가 택배라든가 보내게 되면 어디로 드려야 할까요?”

　재건의 본가가 수원이며 홀로 서울에서 지내는 걸 알고 한 질문이었다. 연말연시와 연휴에 작가에게 선물을 보내는 건 몹시 중요한 일이다.

　심지어 재건은 래프북스 유일한 특급 작가다. 당연히 그냥 넘어갈 수는 없었다.

　-아, 수원으로 보내주시는 게 좋을 것 같습니다.

　“알겠습니다, 작가님. 그럼 연말연시 잘 보내시고요. 새해에 다시 연락을 드리겠습니다.”

　-네, 수고하시고 연말연시 잘 보내세요.

　뚝!

　전화를 끊은 재건은 한껏 기지개를 켰다.

　침대에 드러누워 있던 리카가 재건을 따라 몸을 눕히고는 한껏 비틀어댔다.

　“1억이라…….”

　재건은 리카를 멀거니 바라보며 중얼거렸다.

　소설을 써서 한 작품으로 한 달 수익이 1억을 넘기다니.

반년 전까지만 해도 상상조차 할 수 없는 기적과도 같은 일이다. 가족을 위해 단독주택을 구입할 날이 멀지 않았다.

매일 5편씩 연재되고 있는 '더 브레스'는 내년 2월 안에 400편으로 완결이 날 예정이었다. 빠르게 수익을 뽑아내는 것이 목적이었기에 재건은 그간 하루도 집필을 쉬지 않을 예정이다.

"페젤론이랑 지존록 시리즈까지 합치면 이번 달 수익이…… 이거 계산이 안 되네. 리카, 대신 계산해 줘. 얼마야?"

리카는 들은 척도 하지 않았다.

재건이 달려들어 리카를 가슴에 끌어안고는 거듭 물었다.

"계산해 달라고, 빨리. 오빠 수익이 얼마냐고."

"야옹."

리카가 재건의 콧잔등을 핥았다. 재건은 간지러워서 킥킥거리면서도 리카와 코를 비볐다. 은은한 샴푸 냄새와 함께 리카의 따스한 온기가 여실히 전해져 오고 있었다.

"너 없었으면 이렇게 못 썼어."

"야옹?"

"넌 보통 고양이가 아니잖아. 난 알아. 선배님과 네가 날 구원한 거라고."

재건이 허리를 펴고 앉아 리카의 목덜미를 쓰다듬었다.

리카는 그의 손길에 몸을 맡긴 채 졸린 듯이 두 눈을 가늘게 뜨고 있었다.

"최선을 다해야지. 매일매일 새롭게 배우고 있어. 선배님은 정말 대단하신 분이야. 단어 하나, 문장 하나도 선배님이 가르쳐 주시는 대로 따라가면 전혀 다른 맛을 내게 돼. 도대체 어떤 분이실까."

중얼거리던 재건은 문득 '질풍노도'로 참가한 현대청년문학상을 떠올렸다. 다슬을 모델로 삼아 전력을 다해서 쓴 장편이다.

한동안 새까맣게 잊고 있었다.

이제 슬슬 최종 심사 기간에 접어들었으리라.

기대가 전혀 없다면 거짓말이었다.

한혜선 교수의 독려로 참가한 만큼 좋은 결과를 얻어내고 싶었다. 존경하는 교수가 자랑스럽게 여길 수 있는 제자가 되고 싶었다.

"리카, 나갔다 올까? 선배님 집 좀 정리하고, 술도 한잔 따라드리고 올 생각인데."

"야옹."

리카가 알아들은 것처럼 즉시 침대에서 뛰어내렸다.

재건은 겉옷을 챙겨 들고 리카와 함께 집을 나섰다.

한겨울의 차가운 바람이 휘몰아쳤지만 리카를 품에 안은 재건은 조금도 춥지 않았다.

BIG LIFE

"우습군요."

구 교수가 마시던 커피 잔을 내려놓으며 운을 뗐다.

고급스러운 원목 테이블 주위로 7~8명의 남녀가 자리를 잡고 앉아 있었다.

이들에게는 공통된 요소가 있었다.

교수, 소설가, 평론가 등등 모두가 문단 문학계에서 한 자리씩 차지한 유명 인사들이라는 점이었다.

더불어 현대청년문학상의 최종 심사 위원이기도 했다.

"수준 낮은 펄프픽션을 양산하던 작가에게 현대청년문학상이라? 모양이 너무 우습다고 생각되지 않습니까?"

그 즉시 곁의 정 교수가 말을 이었다.

"제 생각도 비슷합니다. 문단에는 격조라는 게 있는 겁니다. 만화방에 굴러다니는 판타지나 무협을 쓴 작가에게 현대청년문학상이라니요? 가당치도 않지요. 솔직히 저는 대필 가능성도 의심하고 있습니다."

깐깐하고 신경질적인 인상을 한 그 옆의 50대 여교수도 바통을 받아 말을 계속했다.

"저도 같은 의견입니다. 이런 표현 쓰기 참 뭣하지만, 급이 안 맞아요. 저열하고 속물적인 작품. 어머, 죄송합니다.

작품이 아니죠. 머리통 새하얗게 비우고 읽을 수 있고, 읽고 나서 남는 건 전혀 없는 그런 글 덩어리나 싸대던 작자에게 문학상?"

"맞아요. 제 제자들 중에도 몇 년째 현대청년문학상에만 도전하는 학생이 수두룩합니다. 제 입으로 말씀드리기 좀 그렇지만 정말 잘 쓰는 아이들입니다. 이번에도 참가했고요. 소설이라고 할 수도 없는 쓰레기나 쏟아내는 장르판 글쟁이에게 현대청년문학상은 어울리지 않습니다."

마지막 교수의 말을 끝으로 정적이 감돌았다.

맞은편의 4명은 잠자코 말이 없었다. 이들은 지금 화제가 되고 있는 작가의 당선을 지지하는 쪽이었다. 압도적으로 잘 쓰인 글이라는 것이 그들의 생각이었다.

"후후후."

문득 4명 중 한 여교수가 낮은 음색으로 웃음을 흘렸다.

깐깐한 인상을 한 맞은편의 여교수가 안경 너머로 눈살을 찌푸리며 물었다.

"뭐가 우스우신 거죠?"

"별것 아닙니다. 네 교수님의 의견이 참 잘 일치해서 재미 있다는 생각이 들었어요. 모두가 꼭 같은 말씀을 하시네요."

담담하게 대답을 마친 여교수는 의자를 뒤로 밀고 일어섰다. 그녀로서는 더 이상 이곳에 앉아 있을 이유가 없었다.

"갑자기 어디 가십니까?"

"더 이상 할 수 있는 이야기가 없어서요. 이번 월간 문단 격파에 실을 비평의 주제도 막 떠오른 참이고."

여교수의 말에 모두의 얼굴이 일순 경직되었다. 이 여교수의 비평이 문단에 끼치는 영향력은 결코 간과할 수 있는 수준이 아니기 때문이었다.

"무, 무슨 주제로 쓰시려는 건지?"

정 교수가 굳은 얼굴로 더듬거리며 물었다.

여교수는 생각하듯이 천장으로 두 눈을 치켜뜨며 대답했다.

"한 작가에게 찍힌 낙인이랄까요? 전작이 장르 소설이라는 이유만으로 아무리 좋은 글을 써내도 문단의 인정을 받아낼 수 없는 비릿한 슬픔의 낙인 말입니다. 과연 이 잘못이 작가의 자유로운 영혼에 있는지, 아니면 문단에 있는지 차분하게 생각해 볼 작정입니다."

"이보세요! 한혜선 교수님!"

구 교수가 성을 벌컥 내며 자리에서 일어섰다.

"지금 자기 제자라고 편드시는 거요?!"

천장을 향하고 있던 시선이 천천히 내리깔렸다. 이윽고 구 교수에게로 옮겨가는 여교수의 두 눈에서는 단 한 점의 흔들림도 엿보이지 않았다.

"제가 어떤 사람인지 알면서 그런 질문을 하시는 겁니까?"

비집고 들어갈 여지가 전혀 없는 단호한 한마디.

구 교수는 이내 '끄응' 소리를 내며 고개를 딴 곳으로 돌렸다.

인정하기는 싫지만 사실이었다. 눈앞의 여교수는 단 한 번도 공정하지 않은 적이 없었다.

"그, 그렇지만 이번에는 좀 싸고도는 티가 많이 납디다? 단 한 군데도 깐 곳이 없잖습니까."

눈을 피한 채 이어지는 구 교수의 시비였다.

여교수는 피식 하고 허탈한 웃음을 터뜨리고는 반문했다.

"깔 데가 없는 소설을 어떻게 깝니까?"

"……?!"

장내가 찬물을 끼얹은 듯이 고요해졌다.

여교수는 가방에서 책 한 권을 꺼내 그들이 앉은 상 한가운데로 내려놓으며 말을 이었다.

"작가의 전작입니다. 구 교수님을 포함한 그쪽 분들께서는 아직도 안 읽어보신 것 같네요. 특히 정 교수님, 대필이 의심된다고 하셨지요? 이 작품을 읽어보신 다음에도 그런 생각이 드실지 저는 상당히 궁금합니다."

"으으음……!"

"그럼 저는 먼저 일어나겠습니다. 수고들 하세요."

여교수가 돌아서서 회의실을 나섰다.

모두의 시선이 그녀가 남기고 간 상 위의 책으로 모여들었다. 작가의 이름은 하재건, 작품명은 '멍청한 여자'였다.

"대게 참 맛있게 먹었다."

"······?!"

식사가 끝나고 과일을 먹을 즈음이었다.

재건은 사과를 집다 말고 고개를 들었다. 자신의 두 귀가 의심스러울 지경이었다. 그의 아버지 석재는 눈앞에서 무뚝뚝한 표정으로 두 눈을 내리깐 채 말을 잇고 있었다.

"아들까지 가족이 전부 모여서 연말에 저녁을 먹으니 더 맛있구나."

어머니 명자도, 누나 재인도 마찬가지였다. 평소에는 좀처럼 하지 않던 말을 하는 석재를 믿어지지 않는다는 표정으로 쳐다보고 있었다.

"어, 어머······ 당신이 웬일로 그런 소릴 했대?"

"맛있었잖아. 당신도 잘 먹었고."

명자가 얼굴을 붉히며 좋아했다. 재인도 뿌듯한 미소를 얼굴에 담뿍 머금었다. 실로 간만에 느끼는 따사로운 분위기. 무척이나 오래도록 그리워했고 또 기다렸었다.

오늘은 12월 31일.

한 해의 마지막 날 온 가족이 함께한 저녁 식사였다.

재건은 목이 메었다. 이곳에 오기 전, 수산 시장에서 대게를 잔뜩 사면서도 좋은 소리를 들을 거란 기대 따윈 전혀 하지 않았었다. 아버지가 역정을 내지 않고 한자리에서 식사를 해준다면 그것만으로 다행일 거라는 생각뿐이었다.

그런데 맛있다니.

아들까지 모였기에 더욱 맛있었다니.

연말이라고 마음에도 없는 말을 겉치레로 할 아버지가 아님을 알기에 재건은 가슴이 더욱 먹먹해지고 말았다.

"슬슬 나가봐야지."

석재가 포크를 내려놓고 자리에서 일어섰다. 미리 꺼내둔 소파의 웃옷을 집는 그에게 명자가 안타까운 눈빛을 던지며 물었다.

"당신도 참, 연말인데 좀 쉬면 안 돼?"

"아파트 경비가 쉬고 싶다고 쉴 수 있나. 일할 사람이 나밖에 없어. 거, 성탄절에는 대신 내가 쉬었잖아."

재건이 뒤따라 자리에서 일어섰다. 소파 한구석에서 기분 좋게 뒹굴고 있던 리카도 눈치를 채고는 재빨리 내려왔다.

"아파트까지 모셔다 드릴게요."

"일없다. 네 엄마랑 누나랑 있어."

"저도 어차피 가 봐야 돼요."

재건의 말을 들은 재인이 끼어들었다.

"어딜 가? 연말인데 자고 가야지."

"일 때문에 꼭 가 봐야 할 데가 있어서 그래. 조만간 또 내려올게. 수원이 먼 것도 아니고."

두 부자는 명자와 재인의 전송을 받으며 집을 나섰다.

미리 원격으로 시동을 걸어둔 차가 빌라 앞 주차장에서 부르르 몸을 떨고 있었다. 재건이 조수석 문을 열어주자 석재는 몸을 실으며 중얼거렸다.

"걸어가도 금방인데."

"날이 많이 추워요. 차로 가세요."

이동 거리는 몇 분이 채 되지 않을 정도로 짧았다. 재건은 운전에만 집중했고 석재는 창밖만 멀거니 바라보았다. 조금은 어색한 기류 속에서 오가는 말은 단 한마디도 없었다.

"아버지."

아파트 앞에 도착하고 나서야 재건이 처음으로 운을 뗐다.

차문을 열고 한 발을 땅에 걸친 자세로 석재가 돌아보고 있었다.

"경비 이제 그만두세요."

구태여 다른 말을 길게 덧붙이진 않았다.

석재는 의외라는 듯이 두 눈을 치켜떴다. 하지만 금세 평소의 무뚝뚝한 얼굴을 되찾고는 재건의 어깨를 가볍게 두드리며 대답했다.

"데려다줘서 고맙다."

"아버지……."

"조심해서 올라가라. 또 오고."

차에서 내린 석재가 문을 닫으며 소통을 끊었다.

재건은 창을 통해 멀어져 가는 아버지를 바라보았다. 예전보다 훨씬 작아진 아버지의 뒷모습이 완전히 시야에서 사라지고 나서도 멍하니 그곳에 머물러 있었다.

"야옹."

뒷좌석에 앉아 있던 리카가 조수석으로 자리를 옮겨오며 울음소리를 냈다. 덕분에 정신을 차린 재건의 두 눈에 초점이 되돌아왔다.

"미안, 리카. 잠깐 생각 좀 했어."

재건은 스스로를 독려하듯 두 뺨을 손바닥으로 찰싹 때리고는 액셀을 밟았다.

내일부터 시작될 새해에는 더욱 열심히 쓰리라. 무뚝뚝한 아버지의 얼굴에서 웃음이 그치지 않게 될 날까지.

충만해진 의기만큼 차도 힘차게 나아가고 있었다.

BIG LIFE

"우와, 민호 형 선작 수가 3,000이 넘었네?"

구로역 인근 빌라 지하층의 허름한 사무실.

커피를 홀짝이며 모니터를 들여다보던 양현경이 놀란 듯이 중얼거렸다. 오늘까지 총 20회가 연재된 민호의 신작 '지구에 떨어진 마왕'이 꽤나 준수한 성적을 내고 있었다.

"좋겠다……. 이 정도면 금방 유료각 서겠는데? 아씨, 나도 빨리 초고 제대로 완성해야 되는데."

감탄 끝으로 나오는 건 한숨이었다.

현경의 나이 올해로 25세. 군을 제대하자마자 고향을 떠나 이 사무실로 들어온 지도 어언 한 달째였다.

들어온 목적이야 뻔했다. 재미있는 글을 써서 수익을 얻고 작가로서 살아가는 것이 현경의 꿈이었다.

하지만 아직도 제대로 된 소설을 시작하지 못했다. 도대체가 뭘 써도 재미가 없었다. 새로운 소재로 썼다 지우기만을 하루에도 열두 번씩 반복했다. 급기야 한 해의 끝인 오늘까지도 암담한 상황은 지속되고 있었다.

"하아, 이 빌어먹을 내면의 편집자! 짜증나는 내글구려병! 진짜 뭘 쓰지? 누가 제발 대박 소재 하나만 던져 줘! 아, 나가고 싶다. 돈도 없고 여자도 없고 연말에 이게 뭔 궁상이야!"

현경이 미친 사람처럼 머리를 뒤헝클며 소리쳤다.

바로 그때, 비밀번호를 누르는 소리에 이어 문이 천천히 열렸다. 현경은 민호라고 생각했기에 그쪽을 쳐다보지도 않고 머리칼만 쥐어뜯고 있었다.

"실례합니다."

"······으음?!"

낯선 목소리가 들려오자 비로소 현경이 놀라서 고개를 들었다. 현관문을 등지고 선 방문자는 재건이었다. 양손에 포장된 피자와 치킨 박스를 하나씩 들고 있었다. 리카는 그의 다리 주위를 어슬렁어슬렁 맴돌고 있었다.

"강민호 작가님과 아는 사람인데요. 전화 드렸더니 잠깐 일 좀 보러 나왔다고 하시더라고요. 그러면서 비밀번호 알려 주셨어요."

재건이 간단히 설명했다.

현경은 얼떨떨한 표정으로 고개를 끄덕이며 자리에서 일어섰다. 두 사람이 대면하는 건 지금이 처음이었다.

"들어오셔서 앉으세요. 형 금방 올 거예요."

"네, 감사합니다."

재건이 식탁 위에 피자와 치킨을 내려놓았다. 단박에 현경의 입안 가득히 군침이 고였다.

피자와 치킨이라니. 아직 데뷔도 하지 못해 가난하기만 한 그의 입장에서는 부르주아들이나 먹을 수 있는 사치식품이었다.

'빨리 좀 돌아와요, 형······!'

민호가 돌아와야 저 먹음직스러운 것들을 씹고 뜯을 수 있을 터였다.

현경은 당장 손을 뻗어 포장을 뜯어버리고 싶은 충동을 억누르며 자리로 돌아와 앉았다. 그리고 한 손으로 턱을 괸 채 마우스를 놀려 문피앙 사이트를 기웃거렸다.

"하아……."

습관처럼 또 새어 나오는 무거운 한숨.

어느새 모니터 화면을 가득히 채우고 있는 건 문피앙 1위를 달리고 있는 풍천유의 '더 브레스'였다. 나오는 글은 하나도 없으면서 잘나가는 작가들을 향한 부러움만 앞섰다. 스스로 생각하기에도 한심하기 짝이 없는 현경이었다.

"이번 달만 적어도 2억 가까이 뽑았겠네."

뒤쪽에 앉아 책을 읽던 재건이 슬쩍 현경의 어깨 너머로 모니터를 바라보았다. 자신의 작품이 떠올라 있는 것을 보고 그는 소리 없이 쓰게 웃으며 책으로 시선을 되돌렸다.

"지금쯤 좋은 데서 잘 먹고 놀고 있겠죠?"

재건이 다시 고개를 들었다. 혼잣말에서 질문으로 바뀌었으니 반응을 안 할 수가 없었다.

"누구 말씀이신지?"

"풍천유요. 민호 형 말로는 20대라던데, 돈방석에 앉았으니 하루하루가 아주 신나서 쓰러지겠죠? 지금도 어디서 아주 광란의 밤을 보내고 있을지도 모르겠네. 햐, 부럽다. 누구는 이런 지하 골방에 처박혀서 한 달에 100만 원이라도 벌어

보겠다고 죽자 살자 써대고 있는데. 그것도 연말에."

대답을 바라지 않는 푸념을 늘어놓으며 현경은 워드 프로그램을 실행시켰다. 어제부터 새로 쓰기 시작한 판타지 소설의 초고가 화면을 채웠다.

"아, 진짜 눈앞이 캄캄하네."

"쓰시는 소설이세요?"

현경이 기다렸다는 듯이 돌아보며 고개를 끄덕였다.

"네, 판타진데 혹시 좋아하세요?"

"좋아하죠."

"그럼 한번 읽어봐 주실래요? 저는 제가 쓰는 거라 그런지 재미가 있는지 없는지 도저히 모르겠거든요."

"알겠습니다."

재건은 현경이 비켜준 자리에 앉았다. 등 뒤에 팔짱을 꿰고 서서 현경이 덧붙였다.

"1만 5천 자 정도 돼요. 그냥 도입부라고 보시면 돼요."

"으음, 네."

분량이 적은 편이라 뿔테 안경까지 쓸 필요는 없을 듯했다.

재건은 마우스를 잡고 스크롤을 내리며 맨눈으로 소설을 읽기 시작했다.

'엉망진창이군.'

반을 채 읽기도 전에 결론이 나오는 재건이었다.

괴물들이 들끓는 현대를 배경으로 활약하는 헌터들의 이야기를 그리고 있었다. 과다한 심리 묘사에 궁금하지도 않은 복선의 남발, 누가 주인공인지 분간이 가지 않을 정도로 많은 등장인물까지.

'이거에 비하면 강민호 작가님 초고는 양반이었네.'

소설을 끝까지 전부 읽고 난 재건이 자리에서 일어섰다. 초조한 마음으로 감상을 기다리고 있던 현경은 즉시 물었다.

"어떠셨어요?"

"으음, 일단 등장인물이 좀 많은 거 같은데요."

"그래요? 저는 군상극을 쓰려고 하는 거거든요. 군상극 아시죠? 수많은 캐릭터가 각자의 이야기를 갖고 얽히는 그런 이야기요."

"아아, 네. 등장할 때마다 모든 인물의 심리를 묘사하다 보니 소설이 좀 늘어지는 경향이 있는 것 같습니다. 당장 이야기의 흐름과 전혀 상관도 없는 상태에서요."

현경의 얼굴이 살짝 굳었다.

재건은 모니터 화면 쪽으로 눈길을 주며 말을 계속했다.

"모든 인물을 처음 등장하는 순간부터 소개할 필요는 없다고 생각해요. 전개와 맞아떨어지는 시점부터 묘사하고 파고들어도 되지 않을까요? 그 전엔 남자도 그냥 남자, 여자도 그냥 여자로 서술하고 넘어가는 게 가독성 면에서도 훨씬 나을 것 같다는 게 제 의견입니다."

"흐음, 그래요? 저하고는 생각이 좀 다르시네요."

현경이 납득하지 못하겠다는 얼굴로 입을 삐죽 내밀었다.
사실은 앞서 민호로부터 들은 감상과 거의 일치했다. 하나라
도 좋으니 긍정적인 반응을 내심 기대하고 있었건만. 안 그
래도 스트레스가 잔뜩 쌓여 있었던 현경은 조금 울컥했다.

"근데 그쪽도 작가세요?"

"아, 네."

"실례가 안 된다면 무슨 작품 쓰셨는지 여쭤봐도 될까요?"

현경이 도전적으로 물었다. 어디 얼마나 대단한 작품을 쓴
작가인지 한번 보자는 심정이었다.

재건이 난처한 듯이 입을 열려는 찰나, 현관문이 소리를
내며 활짝 열리더니 민호가 들어섰다.

"아, 하재건 작가님. 오셨네요. 앗, 리카도 왔네."

"이제 오셨어요? 피자랑 치킨 사왔는데 어서 드시죠."

"어? 아니, 뭘 이런 걸 다 사오셨어요?"

현경은 대화하는 두 사람을 바라보며 고개를 갸우뚱거리
고 있었다. 하재건이라는 작가의 이름은 그의 머릿속에 없었
다. 필명이 따로 있는 걸까? 아니면 아직 나처럼 데뷔를 하
지 못한 지망생?

"현경아, 멍하니 뭐 하고 서 있어? 얼른 와서 먹자."

민호가 치킨과 피자의 포장을 풀면서 말했다. 잊고 있던 허기가 되살아난 현경은 즉시 생각을 멈추고 식탁으로 가 의자에 몸을 앉혔다.

"잘 먹겠습니다, 작가님."

"저도 잘 먹겠습니다."

"네, 식기 전에 드세요."

재건이 말하기도 전에 현경은 벌써 피자 한쪽을 뜯어 입 안에 꾸역꾸역 밀어 넣고 있었다. 이 순간을 얼마나 고대하고 있었던가. 재건은 컵에 콜라를 따라 두 사람에게 건네주었다.

"하 작가님은 안 드세요?"

"저는 많이 먹고 왔어요. 신경 쓰지 마세요. 그것보다, 지구에 떨어진 마왕 성적이 좋으시던데요."

"아하하, 뭘요. 다 작가님께서 도와주신 덕분이죠."

"내일쯤 대표님에게 전화해서 말씀드릴게요. 아마 글에 관해 특별한 수정 요청은 없을 거라고 생각해요. 근데 제목은 바꾸자고 하실지도 모르겠어요."

"제목이야 얼마든지 바꿀 수 있습니다. 아, 진짜 이번에 잘돼서 하 작가님 작품의 10분의 1, 아니지. 10분의 1도 엄청 크네요. 하여간 편의점 그만둘 수 있을 정도만이라도 좋으니 잘됐으면 좋겠습니다."

"잘되실 거예요."

민호의 너스레가 현경의 의구심을 증폭시켰다. 도대체 어떤 경이로운 성적을 낸 작품을 썼기에 10분의 1만 되어도 좋겠다는 소리를 하는 걸까.

현경이 그것을 물어볼 틈은 없었다.

이어지는 민호의 말이 답을 토해내고 있었다.

"더 브레스는 언제 네이빈이랑 코코아 들어갑니까?"

"아마 1월 말은 되어야 하지 않을까요."

현경의 얼굴에서 핏기가 쫙 가셨다. 뒤이어 힘이 풀려 버린 손은 쥐고 있던 컵을 놓쳐 버렸다. 바닥에 곤두박질친 플라스틱 컵에서 콜라가 쏟아져 나와 바닥을 적셨다.

"아, 죄, 죄송합니다."

현경이 컵을 주우려고 황망히 허리를 굽혔다. 손이 부들부들 떨리는 바람에 주워 들다 또다시 컵을 놓치고 있었다.

"아, 아니…… 민호 형, 진작 말씀해 주시지 않고……!"

현경은 경악과 원망이 뒤섞인 얼굴로 민호를 바라보며 양어깨를 들썩였다. 민호는 한참이나 배를 잡고 웃어댄 끝에 재건에게 고개를 살짝 숙이며 말했다.

"죄송합니다. 제가 이 동생 놀래켜 주려고 미리 얘기를 안 했습니다. 반응 보니 완전 성공했네요."

"아아…… 네, 아하하."

재건이 머쓱한 웃음으로 대답했다.

현경은 여전히 제정신이 아니었다. 한동안 창백한 안색으로 부들부들 떤 끝에 재건에게 고개를 푹 숙이며 입을 열었다.

"아, 아까는 정말…… 죄송했습니다……. 정말 풍천유 작가님이실 거라고는 꿈에도 몰랐습니다. 저는 필명밖에 모르니까요. 아아, 그러니까 알았어도 그렇게 말하는 게 아니었는데요."

"괜찮습니다. 별것도 아니었는데요."

"야, 너 뭐 하재건 작가님한테 실수한 거 있어?"

"아니에요, 강 작가님. 정말 별일 아니었습니다."

현경이 불시에 고개를 쳐들었다. 식욕 따윈 진즉에 사라져 버리고 없었다. 비장함마저 감돌기 시작한 그의 눈빛 앞에서 재건은 자기도 모르게 흠칫 상체를 뒤로 젖혔다.

"부탁드립니다, 작가님."

"네? 무슨……?"

"저에게 가르침을 주세요. 속 보이는 놈이라고 욕하셔도 달게 받아들이겠습니다. 어떻게 글을 써야 하는지 지도해 주시면 이 은혜 평생 잊지 않겠습니다. 제발 부탁드립니다."

급기야 현경은 벌떡 일어서서는 90도로 허리를 숙이기까지 했다. 당황한 재건도 덩달아 몸을 일으켰다.

"이러지 마세요. 알겠습니다. 얼마나 도움이 되어드릴 수 있을지는 모르겠지만 전개 잡는 정도는 제가 조금은 도와드릴 수도 있을 것 같으니까요."

"저, 정말이세요?"

"네, 그러니까 일단 앉으세요."

"아, 진짜 감사합니다! 감사합니다! 정말로 감사합니다, 풍천유 작가님!"

현경은 거듭 소리치며 계속해서 고개를 조아렸다. 재건이 아무리 뜯어말려도 소용없었다. 단숨에 멈추기에는 현경을 휘감은 감격이 너무나도 컸다.

"이제 일단 드시던 거 드세요. 열심히 다 안 드시면 저 마음 바뀔지도 몰라요."

"그, 그럼요, 작가님. 제가 남김없이 모조리 먹어버리겠습니다!"

만날 사람도 하나 없이 연말까지 휑한 사무실에 처박혀 글만 쓰고 있었다. 민호에게도 그랬듯이 현경에게도 재건은 위대한 구원자였다.

'정말 고맙습니다, 하재건 작가님.'

민호는 수없이 했던 감사의 말을 다시금 속으로 전했다. 재건은 사무실 한구석을 배회하던 리카를 품에 안고 눈부시도록 환한 미소를 짓고 있었다.

새해까지 몇 시간이 채 남지 않은 초라한 사무실. 작가 하재건을 보스로 삼은 팀은 고요함 속에서 서서히 모습을 갖춰가고 있었다.

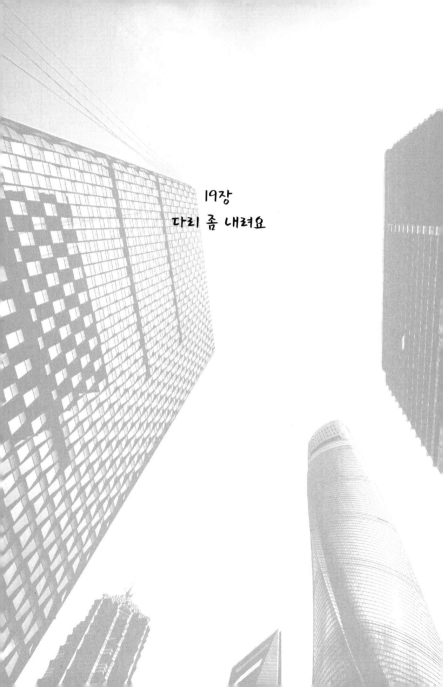

19장
다리 좀 내려요

"네, 강민호 작가님. 권태원입니다. 이 정도면 마왕재림은 순조로운 편이세요. 계속 이대로만 가시고요. 전개만 어긋나지 않게, 이대로 주인공이 성장하는 쪽으로만 계속 써주세요."

"여보세요, 양현경 작가님. 래프북스 신동미예요. 네네, 슬래터 선작 6,000 넘어가신 거 정말 축하드려요. 이제 다음 주 금요일부터 유료로 전환할 거예요."

단 두 사람뿐인 래프북스 직원들이 바빠졌다.

'더 브레스'뿐이던 래프북스에 새로운 두 작품이 들어온 것이다. 하나는 강민호의 '마왕재림', 또 하나는 양현경의 '슬래터'였다.

두 작품 모두 기대 이상으로 준수한 성적을 유지하고 있었다. 재건이 사나흘에 한 번씩 사무실에 방문해서 글을 봐 주고 이런저런 조언을 해준 덕이 컸다.

칼바람이 몰아치는 1월의 어느 하루.

오늘도 재건은 허름한 사무실에서 그들과 시간을 함께하고 있었다. 두 사람의 글을 봐 주는 것만이 이곳에 오는 목적은 아니었다. 때때로 남는 컴퓨터를 이용해 자신의 글을 쓰기도 했다.

'일주일에 하루 이틀은 이런 것도 기분전환으로 괜찮은데?'

타자를 두드리며 재건은 생각하고 있었다.

민호와 현경을 만나기 전까지는 다른 작가들과 함께 한자리에서 글을 써본 경험이 없었다. 혼자일 때와는 사뭇 다른 신선한 느낌이었다. 종종 오가는 대화를 통해 생각지도 못한 발상이 떠오르는 점도 좋았다.

"벌써 5시가 넘었네. 하 작가님, 시장하시지 않으세요? 일찍 들어가실 일 없으시면 같이 뭐라도 드시겠어요?"

"아, 네. 저는 좋습니다. 드시고 싶으신 걸로 시키세요."

재건이 키보드에 두 손을 올려놓은 채 돌아보고 대꾸했다.

오늘은 글이 잘 나오는 날이었다. 저녁을 먹고 조금 더 쓰다가 돌아가기로 마음먹었다. 서건우의 노트북이 아니어서 속도는 느렸지만 비축된 원고가 넉넉해서 상관없었다.

드르륵!

모르는 번호로부터 전화가 걸려왔다.

재건이 핸드폰을 들어 통화 아이콘을 끌어당겼다.

"여보세요."

귀와 어깨 사이에 핸드폰을 고정시킨 채 재건은 대답했다. 키보드 위의 두 손은 쓰다가 끝맺지 못한 화면의 문장을 이어가고 있었다.

─안녕하세요, 하재건 작가님이시죠?

"네, 그런데요. 누구시죠?"

─저는 현대청년문학상 담당자 조서경이라고 합니다.

타자를 두드리던 손길이 멎었다.

재건은 한 손을 들어 핸드폰을 안정적으로 잡았다.

─여보세요? 하재건 작가님?

"네, 네. 말씀하세요. 듣고 있습니다."

스스로도 떨리는 목소리를 인지할 수 있었다. 벌써부터 심장이 부서질 것처럼 뛰고 있었다. 머리는 뜨거워지고 아랫배에서부터 전류가 찌릿찌릿 올라오고 있었다.

─축하드립니다. 이번 현대청년문학상은 작가님의 작품 질풍노도가 수상하게 되었습니다.

달뜬 숨이 재건의 입과 코를 통해 흘러나왔다. 현대청년문학상 담당자라는 말을 들었을 때부터 알고 있었다. 전화가 걸려올 일은 애초에 단 하나밖에 없으니까.

'내가……!'

매년 뽑는 당선작은 고작 한 편.

문단의 관심을 한 몸에 받는 공모전인 만큼 경쟁률 또한 치열하기 그지없는 현대청년문학상. 그걸 자신이 수상했다는 사실에 재건은 일순 말문이 막혀 버리고 말았다.

"하 작가님 표정이 왜 저러시지? 안 좋은 얘기 하시나?"

"쉿, 조용히 해."

심상치 않은 기색을 느낀 민호와 현경이 작은 방으로 자리를 옮겼다. 농밀해진 공기 속에서 재건은 그들의 움직임조차도 전혀 깨닫지 못했다.

―공식적인 수상작 발표까지는 아직 시일이 있으니까요. 그때까진 함구해 주시길 부탁드리고요. 수상 소감문을 작성하셔야 할 텐데 대략 분량은…….

담당자의 말이 줄줄이 이어지고 있었다. 재건은 최대한 귀를 쫑긋 세우며 경청하려 했지만, 반쯤은 고막으로 들어오지도 못하고 허공으로 날아가 자취를 감췄다.

―그럼 다시 전화를 드리겠습니다.

"네, 네. 감사…… 합니다."

전화를 끊은 재건은 고개를 들고 천장을 멍하니 올려다보았다. 텅 비어버린 머리로 아무런 생각도 하지 못한 채 한참을 그렇게 멍하니 있었다. 조금씩 시간이 흐르면서 한 여자의 얼굴이 천장의 사방 격자무늬 위로 어슴푸레 아른거리기 시작했다.

'만나야 돼……!'

재건은 당장 일어나 겉옷을 챙기고 리카를 들어 가슴에 안았다. 이 소식을 가장 먼저 전해 줘야 할 사람이 있었다. 이 사람이 아니었다면 질풍노도라는 소설은 쓰지도 못했다.

"강 작가님, 양 작가님. 죄송한데 급한 일이 생겨서 이만 가 보겠습니다."

"호, 혹시 뭐 나쁜 일이라도 생기신 건 아니시죠?"

"그런 거 아닙니다. 그럼 다시 연락드리겠습니다."

재건은 리카를 조수석에 태우고 차의 시동을 걸었다. 그런 다음 핸드폰으로는 다슬의 이름을 검색해 통화 아이콘을 눌렀다.

─전화기가 꺼져 있어 소리샘으로 연결…….

'제기랄!'

재건은 안타깝기 그지없는 표정으로 핸드폰을 떨어뜨렸다.

도대체 왜, 하필 이러한 순간에 전화기가 꺼져 있는 건가.

한껏 흥분한 지금의 심리로는 도저히 납득할 수가 없는 현실이었다. 어쩌면 배터리를 교체하고 있는 중일지도 모른다. 그렇게 생각한 재건은 몇 분쯤 기다렸다가 다시 전화를 걸었다. 하지만 여전히 핸드폰은 꺼져 있었다.

'이럴 줄 알았다면 사는 곳이라도 물어볼걸.'

재건은 핸들을 잡고 액셀을 밟았다. 여전히 처음 만났던 노래방 주변에서 도우미로 일하고 있으리라는 생각이었다.

그다지 먼 거리가 아니어서 금세 도착할 수 있었다.

재건은 건물 앞에 차를 주차시킨 다음 리카를 품에 안고 내렸다. 허브 노래방 간판은 오늘도 반짝반짝 빛나고 있었다.

마음이 급해서 엘리베이터를 기다리지 못하고 계단을 올랐다. 그사이에 한 번 더 다슬에게 전화했지만 여전히 꺼져 있다는 안내 음성만 되돌아왔다.

"어서 오세요."

노래방에 들어서자 화장 진한 여주인이 재건을 반겼다. 재건은 즉시 고개를 까닥여 보이고는 그녀에게 물었다.

"안녕하세요. 혹시 저 기억하세요?"

"으음? 그러고 보니…… 아!"

여주인이 금세 기억났다는 얼굴로 손뼉을 짝 쳤다.

"그 손에 먹물 묻히고 사는 총각?"

"네네, 맞아요. 다름이 아니라 그때 제가 찾던 도우미 말인데요, 다슬 씨요. 전화기가 꺼져 있는데 어떻게 만나볼 방법이 없나 해서요. 급한 일이거든요."

"그 아가씨 요즘 못 본 지 좀 됐는데?"

"네? 왜요?"

"나야 모르지. 그냥 안 보이면 안 보이는 거다 하지. 사무실 삼촌한테 굳이 물어볼 만큼 친한 사이도 아니었고. 왜? 전화를 안 받아? 혹시 돈이라도 빌려간 거야?"

여주인이 두 눈을 가늘게 뜨고 수상하다는 눈초리로 묻고 있었다. 재건은 한 손으로 이마를 싸맨 채 고개를 가로저었다.

"못 보신 지는 얼마나 되셨어요?"

"으음, 한 일주일 정도 됐나?"

"혹시…… 보도방 통해서 좀 알 수는 없을까요?"

재건이 내심 기대를 품고 물었다. 그러나 여주인은 두 눈을 치켜뜨고는 단호하게 고개를 내저었다.

"이번엔 거기까진 내가 못 도와주겠다, 삼촌. 나중에 내가 귀찮아질 수도 있고. 이해하지?"

"……네, 알겠습니다."

"기다려 봐요. 핸드폰 고장 나서 맡겼을 수도 있지."

상심으로 젖은 재건의 얼굴을 안타깝게 바라보며 여주인이 위로를 건넸다. 재건은 힘없이 고개를 끄덕여 인사하고는 터덜터덜 노래방을 빠져나왔다.

"후우…… 리카, 어디 가서 찾지?"

재건은 흥청망청 흘러가는 인파를 바라보며 우두커니 섰다. 그런 채로 품에 안은 리카에게 묻고 있었다.

"지금 생각해 보니까 미안하네. 저녁 먹자고 연락도 여러 번 왔었는데. 계속 바쁘다는 핑계로 못 봤어. 내가 연락하겠다고 말해놓고 연락도 안 했고."

이제는 해봤자 소용도 없는 후회가 물밀 듯이 밀려들고 있었다. 엄마를 찾기 위해 스타가 되고 싶다며 눈물짓던 다슬의 얼굴이 여전히 뇌리에 생생히 남아 있었다.

"야옹, 야옹."

별안간 리카가 품 안에서 몸을 뒤틀었다. 그러더니 재건의 팔에서 힘이 약해진 틈을 타 바닥으로 뛰어내렸다. 사람이 많은 유흥가이기에 재건은 걱정이 되어 돌아보았다.

"리카, 멀리 가지 말고 이리 와."

리카는 건물 외벽의 노면을 따라 우아하게 걸음을 옮기고 있었다. 그러더니 이내 한 여자의 운동화 앞에서 멈춰 섰다.

"어머, 귀여워라. 너 이름 뭐야?"

"……?!"

재건이 두 눈을 부릅떴다.

양 무릎을 구부려 쪼그려 앉는 여자의 얼굴이 그의 두 동공 가득히 아로새겨진 참이었다.

"러시안 블루야? 암컷이네? 네 주인은 어디 있니?"

코를 귀엽게 찡긋거리며 리카에게 묻는 여자는 다슬이었다.

재건은 이끌리듯 그리로 한 걸음, 한 걸음 다가갔다. 이윽고 그림자가 드리워지는 걸 느낀 순간, 다슬이 고개를 천천히 들어 올렸다.

"어? 작가 오빠?"

다슬의 만면에 반가운 웃음이 어렸다.

예전에 술집에서 만났을 때처럼 화장기가 전혀 없는 얼굴이었다. 싱그럽고 예쁜 그녀의 얼굴을 내려다보면서 재건도 입가에 미소를 머금었다.

"여기 어쩐 일이에요? 그동안 잘 지냈고?"

"됐어요."

"네? 뭐가 돼요?"

"다슬 씨 주인공으로 쓴 그 소설 당선됐다고요."

다슬의 얼굴이 웃는 표정 그대로 굳었다.

밤의 초입으로 들어선 유흥가는 소란스러웠다. 수많은 사람의 한복판에서 두 사람은 말없이 시선을 교차하고 있었다.

"야옹."

리카가 침묵을 깨고 두 사람 사이를 비집고 들어왔다. 서로를 향하고 있던 재건과 다슬의 시선이 리카에게로 모였다.

"전화기 왜 꺼져 있었어요?"

"아, 액정이 나가서 맡겼어요."

다슬이 구부렸던 다리를 펴고 일어서며 대답했다.

"좀 거친 손님이 있었거든요. 톡 보내고 잠깐 테이블에 올려놨었는데 테이블을 밀어서 떨어지는 바람에. 뭐, 수리비는 다 받았지만요."

"그랬군요."

다슬이 씩 웃으며 한 걸음 다가와 섰다. 그러고는 재건을 올려다보며 고개를 좌우로 갸웃거렸다.

"그래서? 나 만나러 온 거? 그 소식 알려주려고?"

"다슬 씨 덕분에 쓸 수 있었으니까요."

"그런 게 어디 있어요. 그냥 오빠가 잘나서 잘된 거지."

"오늘은 일 안 해요?"

다슬이 뜨악한 표정으로 헐렁한 점퍼에 청바지를 입은 자신의 몸을 이리저리 돌려보았다.

"이런 옷으로 일을 어떻게 해요? 그리고 안 나간 지 한 일주일 됐어요. 연말연시라 기분도 뒤숭숭했었고."

"네……. 그럼 이제부터 뭐 할 일 있어요?"

"할 일이 없으니까 맥주나 사러 이렇게 나왔죠."

"잘됐네요."

"뭐가요?"

"맛있는 거 사겠다고 했던 약속 오늘 지킬까 하는데."

다슬이 풉 하고 웃음을 터뜨렸다. 재건도 팔에 안긴 리카를 내려다보며 멋쩍게 웃었다.

"그게 벌써 언제 얘긴데? 이자 완전 많이 붙었는데?"

"뭐든지 다 괜찮아요."

"뼛속까지 벗겨먹을 건데?"

"상관없어요."

다슬이 재건의 옆으로 와서는 팔짱을 꼈다. 마치 오랜 친구 혹은 연인이기라도 한 것처럼 거침이 없었다. 그녀의 자유분방한 성향을 다소나마 파악했기에 재건도 그다지 당황하지는 않았다.

"근데 고양이 어떡해요? 데리고 아무 데나 못 들어갈 텐데."

"어딘가 들어갈 수 있는 곳이 있겠죠. 아니면 집에 데려다 놓고 다시 나와도 괜찮고요. 여기서 얼마 안 머니까. 일단 타세요."

재건은 다슬과 함께 열 걸음쯤 앞에 서 있는 자신의 차로 걸어갔다. 다슬은 놀랍다는 듯이 두 눈을 치켜떴다.

"작가 오빠도 수입이 꽤 되나 봐요? 차도 끌고 다니고."

"그렇게 비싼 차 아니에요. 타세요."

두 사람과 리카를 태운 차가 유흥가를 천천히 벗어났다. 두 사람 사이에 웅크리고 앉은 리카의 두 눈은 아무도 몰래 섬광을 발하고 있었다.

"오명훈 작가를 다시 기용하겠다는 말씀이세요?"

게임 회사 넥션의 소회의실.

회의실 안에는 단 두 사람뿐이었다. 한 명은 기획 팀장을 맡은 수희, 또 한 명은 개발 이사였다.

"얘기가 그렇게 됐어요. 자세한 건 조만간 박 이사님 돌아오시면 문의하세요."

수희는 두 눈을 내리깐 채 입술을 앙다물었다.

현재 넥션에서는 신작 모바일 게임을 개발하고 있었다. 장르는 자유도가 높은 RPG 게임이었다. 지금 이야기의 화두는 60%까지 완성된 이 게임의 시나리오를 써줄 작가에 관한 것이었다.

"아무튼 나는 더 할 말이 없어요. 이유나 과정 같은 건 박이사에게 문의하시고, 아무튼 내일 오명훈 작가님과 미팅 잡읍시다. 그럼 이만."

빠르게 말을 마친 개발 이사가 성큼성큼 회의실을 빠져나갔다. 홀로 남은 수희는 망연자실하게 그 자리에 앉아 일어설 줄을 모르고 있었다.

'어째서……? 이슈 메이커로도 재건이가 명훈이에 비해 모자랄 부분이 없는데? 재건이도 히트작 여럿에 디지털문학

상까지 받았는데?'

혹시라도 모르는 알력이 작용하기라도 한 걸까.

수희는 재건을 이 초대형 신작의 시나리오 작가로 만들 생각이었다. 재건이 시나리오를 썼던 모바일용 레이싱 게임은 이미 엎어졌다. 하지만 재건의 글은 남았다. 기획 팀 모두가 읽었고 그 실력을 인정했다.

그런데 이제 와서 명훈이라니. 인성부터 명훈은 이 일과 맞지 않는다는 게 수희의 판단이었다.

글을 곧잘 쓴다는 건 인정하고 있었다. 하지만 혼자서 쓰는 글과 모두가 함께 쓰는 글은 종류가 전혀 다르다. 걸핏하면 억지를 부리고 스스로를 과시해서 일을 어렵게 만드는 명훈은 도저히 받아들일 수 없었다.

"후우, 머리 아파."

수희가 지끈거리는 이마를 문지르며 일어섰다. 커피 한 잔이 절실해졌다. 슬리퍼를 질질 끌면서 그녀는 휴게실로 향했다. 생각지도 못한 방문객이 그곳에 있을 거라고는 짐작조차 못한 채로.

"커피 마시려고?"

"……?!"

수희는 순간 중심을 잃고 휘청거릴 만큼 놀랐다. 명훈이 창가 쪽 의자에 홀로 앉아 있었다. 손에 든 머그컵에선 그윽

한 커피 향기가 피어오르고 있었다.

"네가 여긴 왜 있는 거야?"

조금 전 개발 이사로부터 내일 이후로나 미팅을 잡자는 말을 들었다. 적어도 오늘 명훈이 이곳에 볼일은 없는 것이다.

"커피나 같이 한 잔 마시자."

그렇게 말하며 일어선 명훈이 커피머신으로 가 캡슐 하나를 집어 들었다.

한없이 냉랭한 눈으로 그의 등을 쏘아보며 수희는 따지듯이 물었다.

"무슨 수라도 썼니?"

"수를 쓰다니?"

"재건이가 엄연히 남아 있는데, 게임이 엎어지고 새 프로젝트라고 해도 어쩜 회의 한 번 없이 어떻게 네가 시나리오 작가로 다시 기용된 건데? 이번엔 어떤 인맥이니?"

명훈은 머그컵 안으로 쏟아져 내리는 커피 줄기를 응시한 채로 침묵하고 있었다. 이윽고 커피의 배출이 멎은 순간 그는 다물고 있던 입을 열었다.

"화제성 때문인가 보지. 마침 타이밍 좋게 내 소설 드라마 방영이 코앞이니까."

명훈은 어디까지나 무덤덤하게 말하고 있었다.

"넥션이랑 콘텐츠진흥원과도 얘기가 오갔을 거야. 네가

어떻게 생각할지는 모르겠지만 내가 개입해서 특별한 수 같은 걸 쓰진 않았어."

명훈이 돌아서서 커피가 담긴 머그컵을 내밀었다. 수희는 그것을 받을 생각도 없이 그저 명훈의 얼굴을 빤히 바라보고만 있었다.

'뭐지?'

수희는 내심 의문스러웠다. 명훈이 낯설게 느껴지리만치 담담한 표정으로 일관하고 있는 까닭이었다. 항상 쉽게 울컥해서 화를 내던 모습이 익숙한 그녀로서는 절로 의구심이 샘솟았다.

"받아. 뜨거울 때 마셔."

명훈이 커피를 든 손을 위로 살짝 흔들어 보이며 권했다.

수희는 마지못해 커피를 받아 들고 가까운 테이블의 의자에 앉았다. 명훈도 자신의 커피를 집어 들고는 그녀의 맞은편으로 와 의자를 빼고 앉았다.

수희는 명훈의 시선을 피해 차창 밖의 야경을 바라보며 커피를 홀짝였다. 명훈과 대화할 마음이 전혀 없었다. 굳이 자리를 옮기는 것도 유치한 일이라는 생각이 들어서 잠시나마 동석하고 있을 뿐이었다.

"개발 이사님이 미팅 잡으라고 하시던데."

커피를 반쯤 마셨을 즈음 수희가 말했다. 기왕에 만났으니

업무 관련 이야기는 해두는 편이 낫다는 생각이었다. 시선만
은 여전히 붉은빛을 깜박이며 밤하늘을 가르는 비행기에 꽂
혀 있었다.

"일정 조율할 테니까 괜찮은 날로 말해줘."

"아무 때나 괜찮아. 네가 알아서 정해줘."

"알겠어. 그럼. 그렇게 할게."

사무적으로 대화를 마친 수희는 다시 남은 컵을 입술로
가져갔다. 빨리 마셔 버리고 싶은데 뜨거워서 그럴 수가 없
었다. 느긋하게 커피를 즐기며 휴식을 하고픈 기분이 아니
었다.

'이제는 재건이에게도 말을 해줘야 할 텐데.'

수희의 양어깨가 허탈함으로 축 늘어졌다.

재건이 작가로 이름을 올린 게임을 출시하고 싶었다. 예상
을 훨씬 웃도는 좋은 시나리오로 기대에 부응해 주었다. 부
족한 것이라고는 전혀 없었다. 그럼에도 불구하고 속된 말로
'나가리'가 된 것이다.

"수희야."

명훈이 넌지시 말을 걸었다. 재건에 대한 생각에 골몰하고
있던 수희는 저도 모르게 눈가를 쫑긋 세우고 쳐다보았다.

"말해."

수희의 목소리에 날이 서 있었다. 명훈이 탁자 위로 시선

을 내리깔았다. 미약한 한숨 한 토막이 먼저 흘러나온 끝에 기어드는 듯한 그의 목소리가 이어졌다.

"내가 잘못했다."

"……?!"

수희의 두 눈이 놀라움으로 이채를 발했다.

잘못 들은 것이 아니었다. 명훈은 괴로운 기색으로 미간을 좁히며 입가마저 일그러뜨리고 있었다. 방금 자신이 내뱉은 말과 꼭 어울리는 미안한 표정이었다.

"그간 철부지처럼 행동했던 일들 지금 전부 사과할게. 이 말 하려고 오늘 찾아온 거야."

슬리퍼 앞을 비집고 나온 수희의 열 발가락이 안으로 굽어들었다. 오만하기 그지없던 명훈이 용서를 구하고 있다. 예기치 못한 이 상황을 어떻게 받아들여야 할지 갈피를 잡을 수가 없었다.

"한마디 말로 해결될 문제가 아니라는 건 알아. 내 스스로 돌아봐도 난 정말 웃기는 놈이었어. 네가 용서해 줬으면 좋겠어."

명훈이 고개를 들고 수희를 정면으로 바라보았다. 곤혹스러워하는 수희를 두 동공에 가득 담고서 그는 짐짓 의연하게 덧붙였다.

"더 긴 말은 하지 않을게. 네가 다시 날 좋은 사람으로 봐

줄 수 있을 때까지 노력할게. 하나씩, 하나씩 고쳐 갈게."

수희가 아무런 대답도 하지 못하는 사이.

명훈은 남은 커피를 한 번에 마시고 자리에서 일어섰다. 출입구를 향해 걸음을 옮기며 그는 마지막으로 덧붙였다.

"네가 실망하는 일 없도록 할게. 수고해."

명훈의 뒷모습이 휴게실 밖으로 자취를 감췄다. 닫히는 자동문을 바라보는 수희의 두 눈은 아직도 멍하기만 했다.

'무슨 바람이 불어서 저러지?'

진심으로 반성하고 용서를 구하는 것일까. 확신이 서지 않는 것이 수희의 솔직한 심정이었다. 한마디 말로 믿어주기에는 그간 좋지 못한 명훈의 일면을 너무도 많이 경험했다.

"팀장님, 표정이 왜 그러세요?"

"어? 혜미 씨?"

수희가 찬물을 뒤집어쓴 사람처럼 화들짝 허리를 폈다.

두서없는 상념 때문에 혜미가 코앞까지 와 서 있는 줄도 모르고 있었다.

"저 들어와서 커피까지 탔는데 모르셨어요? 많이 피곤하신가 봐요. 오늘은 일찍 들어가세요."

"아무래도 그래야겠어. 전화 한 통만 하고 들어갈게."

"네, 저 먼저 들어가요."

혜미가 휴게실을 빠져 나갔다. 혼자 남은 수희가 핸드폰을 들었다. 재건의 번호를 누르던 그녀의 손가락은 마지막 숫자 앞에서 멈췄다.

바닥까지 가라앉은 기분 탓에 말끔한 목소리로 통화할 자신이 없었다. 끝내 그녀는 테이블 위에 두 팔을 괴고 얼굴을 파묻었다.

BIG LIFE

7시를 조금 넘긴 식당 내부는 시끌벅적했다.

컨베이어벨트 위로 각양각색의 초밥들이 줄을 지어 지나가고 있었다. 이제 막 식당에 들어온 재건과 다슬은 종업원의 안내에 바 형태의 자리에 나란히 앉았다.

"와, 맛있겠다! 초밥 비싸서 먹어본 지 오래됐는데."

"오늘 실컷 드세요."

"저 보기보다 엄청 잘 먹거든요? 오늘 우리 작가 오빠 너덜너덜해지겠네. 앗, 새우다."

다슬이 재빨리 새우초밥 한 접시를 집어 가슴 앞으로 내려놓았다. 뒤이어 뻗은 재건의 손이 선택한 것도 똑같은 새우초밥이었다.

"왜 따라 해요?"

"저도 새우초밥 좋아해서요."

"거짓말, 내가 먹으니까 따라서 골랐으면서."

다슬이 접시의 덮개를 열면서 눈을 흘기고 있었다.

재건은 짐짓 쓴웃음을 지으며 종지에 간장을 부었다. 거기에 와사비를 풀어 넣으며 다슬은 동의를 구하듯이 물었다.

"새우초밥 완전 맛있지 않아요? 다른 초밥들은 질리는데 새우초밥은 열 접시씩 먹어도 절대 안 질리더라."

"맞아요, 비리지도 않고. 저도 그래서 새우초밥을 제일 잘 먹어요."

"우리 작가 오빠 완전 미식가야. 인정. 자, 여기 생강."

"고마워요. 그럼 한번 각 잡고 먹어볼까?"

두 사람은 맛있는 식사를 즐기면서 도란도란 대화를 나눴다. 하루가 지나면 잊어버릴 소소한 얘기들이 이따금 마주치는 시선과 함께 두 사람 사이를 오가고 있었다.

다슬은 이따금 까르르 웃음을 터뜨릴 정도로 즐거워했다. 그녀를 바라보는 재건의 마음도 기쁘기만 했다. 진심으로 이 달콤한 여가를 만끽하고 있었다.

"아, 배부르다."

열 접시 가까이 먹고 난 다슬이 상체를 뒤로 젖히고 물러나 앉았다. 그녀와 마찬가지로 재건도 슬슬 한계였다. 허리를 펴면서 힐끗 쳐다보니 다슬의 양 뺨과 관자놀이는 땀으로 촉촉이 젖어 있었다.

"겉옷 벗고 있어요. 여기 난방이 좀 센 것 같으니까."

재건의 권유에 다슬은 고개를 가로저었다.

"안 돼요. 후줄근해서."

"뭐가요?"

"맥주 사러 나온 길이라고 말했잖아요. 집에 굴러다니는 티 입었단 말야."

재건이 가슴을 들썩이며 코웃음을 터뜨렸다.

"무슨 상관이에요. 어차피 하루 지나면 안 볼 사람들인데. 누더기 아니면 그냥 벗고 있어요."

돌연 다슬이 두 눈을 가늘게 뜨고 쿡쿡 웃었다. 그러더니 재건의 귓가에 입술을 들이대고 속삭이는 것이었다.

"브라도 안 했는데?"

"……?!"

당황한 재건이 반대쪽으로 고개를 돌리고 헛기침을 했다.

다슬은 즉시 손뼉을 치며 깔깔거리며 웃었다. 어찌나 웃음소리가 큰지 주변의 몇몇 사람이 돌아봤을 정도였다.

"농담이에요, 농담. 설마 브라도 안 했을까 봐."

다슬이 지퍼를 내리고 점퍼를 벗었다. 목이 조금 늘어났을 뿐 아무도 신경을 쓰지 않을 평범한 검은색 티셔츠였다.

사슴처럼 쭉 뻗은 새하얀 목이 티셔츠의 검은 빛깔과 대비되어 한층 부각되고 있었다. 어깨에서부터 귀밑까지 이어지는 목덜미의 곡선은 흠잡을 데 없이 아름다웠다.

'얼굴이 예쁘니까 다 예쁜가.'

무심코 생각하던 재건이 연이어 수희의 얼굴을 떠올렸다. 재건에게 가장 아름답다고 여겨지는 여자는 여전히 수희였다. 그 특유의 지적인 미모는 연예인들 틈바구니에 세워놔도 빛을 잃지 않으리라는 것이 재건의 오래된 생각이었다.

"우리 이제 뭐 해요?"

갑자기 다리 위가 묵직해지는 감각을 느끼며 재건이 고개를 들었다. 다슬이 아이처럼 배시시 웃고 있었다. 예전에 술집에서 그랬던 것처럼 두 다리를 재건의 허벅지 위에 올려놓고 있었다.

"설마 초밥 하나로 퉁치려는 건 아니죠? 내 덕분에 상도 받았는데."

"알았어요, 이제 뭐 할까요? 일단 다리 좀 내려요."

"왜요? 부끄러워? 난 이게 편한데."

"거긴 술집이었고요. 그리고 여긴 바 형태라서 손님들한테 신발 올라온 거 보이면 좀 그렇잖아요. 어서요."

"싫어, 안 내려."

다슬이 오히려 두 다리에 힘을 주며 버텼다. 재건은 다슬의 양 발목을 붙잡아 들고 억지로 내려놓았다.

"정 똑 떨어진다, 정말. 왜 그렇게 사람들 눈치를 본대?"

"눈치가 아니라 실례잖아요."

"됐어요. 말 돌리지 말고 다 먹었으면 일어나요. 술이나 진탕 마셔야지."

다슬이 먼저 점퍼를 들고 출구로 성큼성큼 나섰다. 재건은 어쩔 수 없다는 듯이 도리질을 하며 계산서를 들고 일어섰다.

"감사합니다. 또 오세요."

"네, 잘 먹었습니다."

거리로 나온 두 사람은 정처 없이 걸음을 내디뎠다. 부른 배를 소화시킬 필요도 있었기에 재건이나 다슬이나 한 걸음, 한 걸음이 몹시 느렸다.

"근데 목걸이 같은 건 안 해요?"

"뜬금없이 뭔 말이래?"

"귀걸이는 하고 있잖아요. 보통 여자들은 집 앞에 나오거나 할 때도 기본적인 장신구는 하지 않아요?"

"그런 말하기 전에 하나 사주시든가."

"흐음……?"

가뜩이나 느렸던 재건의 걸음이 더욱 느려졌다.

이윽고 완전히 멈춰 선 채로 그는 거리의 한곳으로 시선을 던졌다. 새하얀 간판을 밝힌 브랜드 귀금속 매장이 그곳에 있었다.

"안 가고 뭐 해요?"

앞서가던 다슬이 돌아보며 물었다.

이윽고 그녀의 시선도 재건의 시선이 향한 방향으로 옮겨 갔다. 금세 상황을 파악한 그녀는 입을 반쯤 벌리고 뛰어와 서는 재건의 어깨를 찰싹 때렸다.

"작가 오빠, 나 진짜 농담한 거거든? 뭐 이렇게 순둥이래?"

"왜요. 하나 사면 되지."

"아, 됐어요. 나 목걸이 안 해도 돼. 갑자기 무슨 목걸이야?"

"초밥 하나로 퉁칠 생각 없다고 했잖아요. 잘됐네, 안 그 래도 뭔가 하나 선물해야겠다고 고민하던 중이었는데. 들어 가 보죠."

"오, 오빠? 작가 오빠!"

재건이 거침없이 매장으로 걸음을 옮겼다. 다슬은 당혹해 서 발을 동동 구르다가 어쩔 수 없이 그의 뒤를 따랐다.

"어서 오십시오."

'ㄷ' 형태의 진열대를 갖춘 매장 내부는 온통 보석들의 황 홀한 빛으로 반짝이고 있었다. 진열대 앞으로 가 선 재건은 아직도 문간 근처에 쭈뼛거리며 서 있는 다슬에게 손짓했다.

"이리 와봐요. 예쁜 게 많네요."

"아…… 진짜 괜찮은데. 쪽팔려서 더 말할 수도 없고."

다슬이 고개를 푹 숙이고서 재건의 옆으로 다가와 섰다. 재건은 손가락으로 온갖 모양의 목걸이들을 하나하나 가리켜 보이며 그녀의 의향을 물었다.

"이건 어때요? 꽃 모양 펜던트."

"비싸 보여요."

"가격 신경 쓰지 말고요. 이건요?"

"더 비싸 보여요."

재건이 짐짓 화난 사람처럼 눈매를 뒤틀었다.

"가격 신경 쓰지 말라고 했죠? 다슬 씨 이 정도 선물 받을 만큼 정말 크게 도와줬어요. 그리고 나도 이 정도 선물해 줄 능력은 있고."

"인터뷰할 때도 돈 다 받았는데요, 뭐."

"그건 그거고 이건 이거예요. 별개로 제 마음이니까 두말하지 않았으면 좋겠네요. 좀 봐요, 어서."

재건이 거듭 손짓하며 채근했다. 비로소 다슬이 발등만 내려다보고 있던 두 눈을 천천히 끌어 올리고 있었다.

"이건 어때요?"

"너무 커서 조금……."

"드디어 가격 얘기를 안 하네. 좋아요, 그럼 이건?"

"으음…… 한번 꺼내서 보고 싶은데."

"저기요, 이것 좀 보여주시겠어요?"

"네, 손님."

진지해진 눈빛이 된 다슬 옆에서 재건도 집중해서 목걸이를 골랐다. 겉옷 주머니 속에 넣어둔 핸드폰이 계속해서 몸을 떨고 있다는 사실은 전혀 느끼지도 못하고 있었다.

"좋은데요?"

여직원이 꺼내 준 목걸이를 보며 재건이 말했다. 줄이 가느다랗고 팬지 꽃잎 모양의 장식이 달린 금목걸이였다. 꽃잎 한가운데에는 작은 다이아몬드가 박혀 있었다.

"목선이 고우셔서 잘 어울리실 것 같습니다. 한번 착용해 보세요, 고객님."

여직원이 환한 목소리로 웃으며 권했다. 다슬은 조금 망설이는 기색으로 목걸이를 받더니 자신의 목으로 들이대 보았다.

"어머, 정말 잘 어울리세요. 직접 착용해 보셔도 괜찮아요."

"이렇게만 봐도 될 거 같아요."

"그럼 가까이 보세요. 여기 거울이요."

여직원이 재빨리 손거울을 가져다 비춰주었다.

다슬은 거울을 통해 목걸이를 댄 자신의 목 언저리를 바라보았다. 입가에 흐르는 수줍은 미소가 만족스러운 기분을 나타내고 있었다.

"마음에 들어요?"

표정을 읽은 재건이 물었다. 다슬은 대답하지 못하고 목에 댄 목걸이로 두 눈을 내리깔고만 있었다.

"급할 거 없어요. 다른 것도 많으니까 천천히 봐요."

"아니요, 이거 마음에 들긴 하는데……."

다슬이 애매하게 말끝을 흐렸다. 재건은 그녀가 머뭇거리고 있는 이유를 금세 깨달았다. 여전히 가격을 신경 쓰고 있는 것이다.

그녀가 고른 이 목걸이의 가격은 64만 9천 원. 결코 적은 금액은 아니었다.

"이거 주세요."

재건이 여직원에게 말했다.

마음에 든 목걸이고 가격은 문제가 되지 않으니 더 시간을 끌 필요가 없었다.

곁에 선 다슬은 난처하기 짝이 없는 표정으로 침을 꼴깍 삼켰다. 조그만 목울대가 위아래로 움직이고 있었다.

"감사합니다, 고객님. 포장해 드리겠습니다. 계산은 이쪽에서 도와드리겠습니다."

재건이 계산대 앞으로 가 체크카드로 계산을 했다. 여직원은 능숙한 손길로 목걸이를 상자에 포장해서는 작은 종이 쇼핑백에 넣어 주었다.

"감사합니다, 고객님. 안녕히 가세요."

재건과 다슬이 직원의 인사를 등 뒤로 매장을 나섰다.

취객 몇 사람이 어깨동무를 한 채로 비틀비틀 지나가고 있었다. 재건은 다슬을 보호하듯이 그쪽으로 등을 보이고 서서는 쇼핑백을 내밀었다.

"받아요. 점퍼 주머니에 쏙 들어가겠네."

"정말 받아도 되나 모르겠어요. 엄청 비쌌는데."

"그만 좀 하시라니까."

재건이 다슬의 주머니를 살짝 당겨 그 안으로 쇼핑백을 쏙 집어넣었다.

번잡한 유흥가의 사거리 쪽으로 돌아서며 그는 한껏 기지개를 켰다.

"배불러서 무거운 걸 먹을 순 없을 것 같고. 우리 비어 펍 같은 데 가서 크림맥주나 마실까요?"

"저는 다 좋아요."

다소곳이 대답하는 다슬의 가슴은 여전히 동요하고 있었다. 주머니에 넣은 한 손은 목걸이가 담긴 쇼핑백을 꼭 쥐고 있었다.

"목소리가 되게 차분해지셨네. 왜 그러실까?"

재건이 조금은 짓궂은 웃음으로 놀리듯이 물었다.

다슬은 흠칫 몸을 떨며 고개를 들었다. 그러고는 양 뺨을 붉힌 채로 재건에게 다가가 그의 팔을 부둥켜 잡았다.

"놀리지 말고 빨리 가요."

두 사람은 연인처럼 팔짱을 낀 채로 밤의 거리를 천천히 걸었다. 다슬은 적당한 술집을 찾아 사방을 두리번거리는 재건에게 넌지시 물었다.

"근데 왜 갑자기 목걸이를 사줬어요?"

"본인이 사달라면서요."

"그전에 먼저 작가 오빠가 목걸이 얘기를 했잖아요. 왜 안 하고 다니냐고."

목이 참 예뻐서 목걸이를 사주고 싶었다는 말이 나오지 않는 재건이었다.

잠시 생각한 끝에 그는 휘황찬란하게 빛나고 있는 한 술집의 입간판으로 시선을 돌리며 대답했다.

"뭔가 보답하고 싶은 차였는데 마침 목에 아무것도 안 걸려 있길래…… 그냥 그런 거예요."

다슬이 어이없어하며 치켜뜬 눈으로 올려다보았다.

"무슨 이유가 이래? 그럼 나 반지도 없고 팔찌도 없고 발찌도 없는데? 전부 다 사줘야겠는데?"

"그래요? 그럼 다시 가든가."

재건이 즉시 몸을 빙글 돌리며 방향을 트는 시늉을 해 보였다. 다슬은 화들짝 놀라 재건의 등허리를 찰싹 때렸다.

"농담이에요. 농담. 그만하고 얼른 가요. 저기 어때요? 내부도 아담하고 좋다."

"들어가죠."

술집에 들어선 두 사람은 한구석 자리에 마주 보고 앉았다.

호박색 조명이 은은하게 감도는 작은 가게였다. 스피커에서는 감미로운 재즈의 선율이 흘러나오고 있었다. 번잡한 쪽보다는 조용한 분위기를 선호하는 재건의 마음에 딱 드는 곳이었다.

초밥을 먹어 잔뜩 배가 불렀기에 안주 없이 크림맥주만 두 잔을 시켰다.

다슬은 건배를 하자마자 맥주는 마시지도 않고 내려놓더니 주머니의 쇼핑백을 꺼내 들었다.

"지금 해도 되죠?"

"다슬 씨 건데요. 저한테 왜 물어봐요."

"히힛, 맞어."

다슬이 장난스럽게 웃으며 포장을 뜯고 목걸이를 꺼냈다. 그녀는 점퍼를 벗어 재건이 감탄한 목덜미를 드러내고는 두 손을 뒤로 돌리며 목걸이를 걸었다.

"어때요?"

"잘 어울려요."

"건성이다, 진짜. 근데 이렇게 비싼 거 막 사줘도 돼요? 막 이번 달 생활비 다 들어간 거 아니에요?"

"상금 받는 걸로 사주는 거예요."

"상금이 얼마나 되는데요? 100만 원? 아니, 너무 적다. 300만 원?"

"3,000만 원이요."

"……!"

다슬은 즉시 할 말을 잃고 입을 반쯤 벌렸다. 놀라움이 가득 담긴 두 눈이 재건을 향해 요동치고 있었다.

"3,000만 원이요? 상금이?"

"네, 그러니까 목걸이 때문에 부담가질 필요 없어요."

"아니, 빨리 얘기해 줬어야죠. 부담요? 웃기시네. 상금이 그렇게 큰 줄 알았으면 더 벗겨먹었지."

"하하하."

재건이 웃음을 터뜨렸다. 뒤이어 다슬도 웃으며 잔을 높이 들었다.

쨍!

잔을 부딪치는 소리와 함께 두 사람은 또 한 번 건배를 나눴다.

"이제는 알려줄 거예요?"

"뭘요?"

"작가 오빠 이름이요. 내 덕분에 3,000만 원도 받게 됐으니까 얼른 알려줘요."

"하재건이요."

재건이 술잔을 내려놓으며 뜸도 들이지 않고 대답했다. 정체를 숨길 이유가 전혀 없었다.

"하재건? 사실 내가 책이랑 많이 안 친해서 잘 모르거든요. 오빠 유명해요? 막 인터넷 치면 나오는 사람?"

"유명한지는 모르겠고 검색하면 나오긴 할 거예요."

"그래요? 또 내가 바로 찾아보는 사람이지."

다슬이 핸드폰을 꺼내 검색 포털 사이트 네이빈에 접속했다. 검색 입력창에 이름을 입력하며 그녀는 두 눈을 휘둥그레 떴다.

"와, 자동완성이네? 하 치고 지읒까지만 쳤는데 바로 떠."

이윽고 하재건이라는 이름을 입력하자 사진과 함께 재건의 프로필이 떠올랐다.

다슬은 프로필의 사진과 실제로 눈앞에 앉아 있는 재건을 번갈아 바라보며 벌어진 입을 다물지 못했다.

"대박! 대박 신기해! 스타가 내 앞에 있어!"

"무슨 스타예요. 인물정보 나오는 건 별거 아니에요."

"그런 건 모르겠고 아무튼 완전 신기해요. 아, 멋있다. 작가 오빠 진짜 짱짱맨. 사진도 잘 나왔다. 이거 본인이 골라서 올린 거예요?"

"네이빈 오늘의 책 인터뷰할 때 찍었던 사진 중 하나예요.

사용해도 되냐고 하기에 수락했죠. 평소에 사진을 찍어둔 것
도 없었고."

"그렇구나……. 와, 오빠 트위터도 해요?"

"그냥 만들어만 놨어요. 거의 안 들어가요."

"팔로워가 5,000명이 넘네? 짱이다. 오빠 책 재미있다고
사람들 난리 났네. 멍청한 여자? 이게 제목이에요? 90년대
소년도?"

"이제 그만 봐요."

재건이 말렸지만 소용없었다. 다슬은 경외감마저 어린 시
선으로 계속해서 재건의 트위터를 훑어대고 있었다.

"나도 읽어보고 싶은 마음이 막 생긴다. 작가 오빠 덕분에
간만에 책 한번 읽어보게 생겼네."

"내가 한 권 줄게요."

"내 돈으로 사서 읽을 거거든요?"

핸드폰에서 눈을 뗀 다슬이 재건에게 혀를 쏙 내밀어 보였
다. 재건은 웃음이 그치지 않는 입가에 술잔을 가져갔다.

"이번 소설은 어떤 내용이에요?"

"으음…… 나중에 나오면 읽어봐요."

"대충이라도 말해봐요. 나 엄청 궁금한데? 응? 응?"

다슬이 연달아 재촉하며 묻더니 급기야 재건의 옆으로 자
리를 옮겨왔다.

안쪽에 앉은 재건의 허벅지 위로 두 다리를 올리며 그녀는 생글생글 웃었다.

"벽 쪽이라서 신발 안 보이니까 됐죠? 다른 사람들 신경 안 써도 되는 부분?"

"그러세요."

"빨리 말해줘요, 이제. 내 덕에 3,000만 원 상금 받는 소설 무슨 내용인지 궁금하단 말야."

다슬이 재건에게 올린 두 다리를 세차게 흔들며 보챘다. 무릎이 탁자에 부딪히면서 하마터면 술잔이 엎어질 뻔했다.

"직장 생활에 찌든 남자와 노래방 도우미 여자가 만나서 연애하는 이야기예요."

재건이 부드럽게 다슬의 무릎을 손으로 누르며 입을 열었다.

그의 손길이 와 닿자 다슬은 몸을 움찔 떨었다.

묘한 기분이었다.

자신이 먼저 손을 뻗어 접촉할 때와는 전혀 다른 감각. 더워지는 숨결이 어렴풋이 느껴지고 있었다.

"소설의 노래방 도우미는 다슬 씨처럼 젊지는 않아요. 나이는 30대고 아이가 있어요. 남편과 이혼하고 홀로 아이를 키우면서 열심히 살아가는 여자예요."

"계속…… 해줘요."

"남주는 스트레스가 심한 어느 날, 직장의 친한 동료와 함께 노래방에 가요. 거기서 동료가 도우미를 부르게 되고 처음으로 여주와 만나게 되는 거예요. 남주는 한눈에 여주에게 이끌리게 돼요. 여주에게 남주는 하루에도 수십 번씩 스쳐 가는 손님일 뿐이지만요. 아, 다 마셨네. 여기 맥주 두 잔 더 주세요."

"네, 손님."

어느새 다슬은 재건이 들려주는 소설 이야기에 흠뻑 빠져 있었다. 맥주를 주문하느라 말이 끊긴 잠깐의 시간마저 짜증스러울 만큼.

"둘은 연인도 아니고 친구도 아닌 애매한 연애를 시작해요. 두 사람은 기본적으로 마음이 착하지만 사는 방식은 달라요. 남주는 성실하고 원리원칙을 지키려고 애쓰는 사람이지만, 그만큼 사회의 눈치를 많이 받는 사람이죠. 그에 반해 여주는 대찬 성격을 갖고 있어요. 먹고살기 위해서 도우미를 하고는 있지만 자신의 자존심은 꿋꿋이 지켜가면서 아득바득 살아가요. 거침없이요. 질풍처럼."

재건이 맥주 한 모금을 마시고는 멋쩍게 덧붙였다.

"그래서 제목도 질풍노도예요."

"질풍노도? 무슨 뜻으로 그렇게 지었어요?"

"거친 바람 같은 노래방 도우미, 뭐 그 정도 의미?"

"와……! 대박. 제목 진짜 구리다."

"제 생각도 그래요. 원래 작명 센스가 엉망이거든요. 책으로 나갈 때 출판사에서 제목 바꾸자고 할지도 모르겠네요."

"그래요. 꼭 바꿔요. 그대로 나가면 망하겠다."

"하하하."

재건이 다시금 웃었고 다슬은 시선을 내리깔았다. 자신의 목에 걸린 금빛의 목걸이를 내려다보며 그녀는 지나가듯이 중얼거렸다.

"작가 오빠 정말 대단한 사람이었구나. 처음 봤을 땐 뭐 이런 이상한 사람이 다 있나 싶었는데. 난데없이 지명 들어오기에 갔더니 인터뷰하자는 황당한 소리를 하고."

"다슬 씨 힘이 컸어요."

"소설 여주는 어떻게 돼요?"

다슬이 고개를 들고 물었다. 촉촉하게 젖은 그녀의 감성은 재건이 일러준 소설의 여주인공과 동화되어 있었다.

어떤 결말로 끝이 날 것인지가 무척 궁금해졌다.

"그건 정말로 나중에 책을 봐요."

"대충만 알려줘요. 응? 응?"

"행복해져요."

"너무 대충이야!"

"자신이 진정으로 원하는 걸 얻게 돼요. 그래서 정말로 행복해져요. 스포는 딱 여기까지."

말을 마친 재건이 술잔을 들어 보였다. 다슬은 삐친 척 흘
겨본 끝에 더 캐묻기를 포기하고 술잔을 들어 건배했다.

차가운 맥주를 목젖으로 넘기며 그녀는 생각하고 있었다.

나도 소설 속의 그 여자 주인공처럼 행복해질 수 있을까.

진정으로 원하는 걸 얻게 될까.

"갑자기 왜 멍해졌어요?"

"아니요, 조금…… 어지러운가."

다슬이 재건의 어깨에 머리를 기댔다.

따스한 체온이 느껴졌다.

재건은 슬쩍 상체를 옆으로 틀어 기대기 좋은 각도를 만들
었다.

다슬의 입가에 웃음이 번졌다. 마음까지 따스한 사람이라
는 생각이 들어서였다. 이런 사람이 쓰는 글이 나쁠 리가 없
었다.

"취할 거 같으면 이만 일어날까요?"

"아니에요, 잠깐만 이러고 있으면 돼요."

재건은 다슬에게 어깨를 빌려준 채 혼자 맥주를 홀짝였다.
옆 테이블의 손님들이 계산하고 나가면서 가게는 더욱 조용
해졌다.

밤이 깊어가고 있었다.

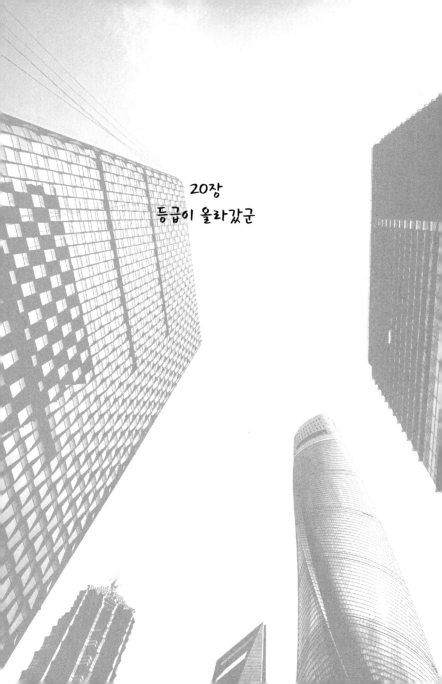

20장
등급이 올라갔군

"죄송하지만 한동안 계약은 어렵겠습니다."

물을 마시고 난 재건이 컵을 내려놓으며 단호하게 말했다.

맞은편에 앉은 두 남자의 안색이 동시에 창백해졌다. 해태
미디어 마종구 실장과 박경수 대리였다. 아직 꺼지지 않은
불판 위에는 꽃등심이 몇 점이 남아 타들어 가고 있었다.

"솔직히 말씀드리자면 생계 문제가 해결됐기 때문입니다.
이제는 예전처럼 돈을 위해서 억지로 글을 쓸 이유가 없어졌
으니 정말로 쓰고 싶은 글을 쓰고 싶습니다. 언젠가 또 판타
지나 무협을 쓰고 싶어지겠지만 당장은 아닙니다."

"으음, 네…… 작가님께서 정 그러시다면…… 네네, 이해
할 수 있습니다. 그럼요……."

말로는 이해한다고 하면서도 종구의 얼굴은 까맣게 죽어 가고 있었다.

어떻게든 재건의 차기작 계약을 성사시키라는 대표의 지상명령이 떨어져 있는 상태다. 한바탕 불호령이 떨어지는 건 이제 피할 수 없는 운명이 됐다.

"정말로 죄송합니다. 마 실장님. 그리고 박 대리님께도요."

"아, 아니. 아닙니다. 저희야말로 죄송합니다. 그리고 감사합니다. 많이 바쁘실 텐데 이렇게 시간까지 내주시고요."

"그럼 슬슬 일어나실까요?"

"아, 네. 일어나시죠, 작가님."

재건이 먼저 계산대로 가 지갑을 꺼내 들었다. 종구와 경수는 경악한 얼굴로 달려가 재건을 가로막았다.

"아닙니다, 작가님. 저희가 낼 겁니다."

"제가 사드릴게요. 계약을 못 하셨는데 회사카드 쓰시는 것도 좀 그렇잖아요."

"전혀 신경 쓰실 부분이 아닙니다. 계약 여부와 관계없이 저희가 대접하는 자리였어요. 작가님, 제발 지갑 넣으세요."

"제 작은 성의 표시라고 생각해 주세요. 그간 마 실장님과 박 대리님 도움 많이 받았으니까요."

끝끝내 재건은 종구와 경수를 물리치고 자신이 직접 계산했다. 한우 꽃등심이어서 거의 20만 원에 가까운 금액이 영

수중에 찍혀서 나왔다.

"잘 먹었습니다."

"네, 고맙습니다. 안녕히 가세요."

식당을 나오면서 재건은 피식 웃음을 터뜨렸다.

라면 하나를 사면서도 손을 벌벌 떨던 시절이 떠올라서였다. 그때와는 달리 지금은 별 느낌이 없었다. 돈이 있고 써야 할 곳에 썼다는 가볍고 상쾌한 감각이었다.

"그럼 여기서 가 보겠습니다. 실장님이랑 대리님도 조심히 들어가세요."

재건이 차가 있기에 데려다주겠다는 말도 할 수가 없는 종구였다. 안타까운 마음을 억누르며 종구와 경수는 허리를 숙여 인사했다.

"조심히 들어가세요, 작가님. 또 뵙겠습니다."

"네, 들어가세요."

자신의 차에 오른 재건은 내비게이션에 저장된 목적지 중하나를 클릭해 활성화시켰다.

값비싼 한우를 배불리 먹은 자신과 달리, 오늘도 라면이나 끓여먹을 힘겨운 영혼들이 도사리고 있는 장소였다.

'몇 시쯤 발표하려는 거지?'

1시를 넘어가는 시계를 보며 재건은 생각했다.

오늘은 현대청년문학상 결과가 발표되는 날이다.

깜짝 놀랄 가족과 친구들, 그 외의 여러 사람들을 생각하니 절로 입가에 웃음이 번졌다.

재건은 핸들을 잡고 대로를 향해 액셀을 밟았다.

"아으……!"

싸늘하기 짝이 없는 지하 사무실.

현경은 절망에 빠져 두 손으로 머리를 쥐어뜯었다. 사흘 전부터 유료화 서비스를 개시한 데뷔작 '슬래터'의 연재 목록이 모니터 화면에 쭉 늘어서 있었다.

"어떻게 선작이…… 반 토막도 아니고 3분의 2가 떨어지냐."

무료일 때는 6,000을 넘겼던 선호작 수가 2,000을 조금 웃돌고 있었다. 편당 구매 수는 300 전후로 현경의 기대에 훨씬 못 미치는 성적이었다.

"그만 좀 보고 글이나 쓰라니까."

보다 못한 민호가 자신의 글을 쓰다 말고 돌아보며 핀잔을 던졌다.

"어떻게 사흘 내내 그런 꼬락서니야? 잔소리를 안 하려고 해도 짜식아, 너 비축분도 없잖아. 그러다가 하루라도 빵꾸 나면 매출 더 떨어진다."

"그래야죠, 이제 신경 끄고 글이나 써야 할 텐데 자꾸만 짜증이 나니까……."

현경이 말끝을 흐리며 고개를 떨어뜨렸다.

딱하다는 표정으로 바라보는 민호 앞에서 그의 푸념이 이어지고 있었다.

"형은 좋으시겠어요. 마왕재림 편당 구매 수 1,000 넘어가고 있잖아요. 문피앙에서만 150만 원은 확정되신 거고요. 전대체…… 300이 뭐예요. 50만 원도 못 벌게 생겼어요."

"이거 웃기는 자식이네. 야, 한 달에 50만 원 돈이라도 나오는 걸 감사하게 생각해야지. 그보다 성적 처참한 작가들도 수두룩해."

"후우……."

"그리고 너랑 나랑 상황이 같냐? 난 나이 서른넷에, 아니지, 해가 넘어갔으니 서른다섯에 이제 겨우 평작 하나 만든 거야. 나보다 나이도 훨씬 어리고 기회도 많잖아. 데뷔작이 그 정도면 성공적인 거라고."

민호는 최대한 현경의 기운을 북돋워 주려 애쓰고 있었다.

첫 작품을 완전히 말아먹은 자신에 비하면 현경의 성적은 무난한 수준이었다. 게다가 이제 고작 데뷔작인 것이다.

"현경이 넌 내가 보기엔 다 좋아. 글도 열심히 쓰고 센스도 있어. 그런데 마음이 약해서 문제야. 일희일비하지 말고 멘탈 관리를 좀 하란 말이야."

"알겠어요, 형……."

"넌 지금 알겠다는 얼굴이 아니야. 나가서 바람이라도 쐴까? 그래, 우리 점심 먹을 때 됐잖아. 간만에 외식하자. 형이 맛있는 거 사줄게. 삼계탕 먹을까?"

"괜찮아요, 형. 아직은 형도 지갑 사정 얄팍하시잖아요. 인세도 들어오려면 두 달 기다려야 하고."

현경이 무거운 한숨을 흩뿌리며 일어섰다. 작다란 부엌으로 간 그는 찬장을 열고 라면 2봉지를 끄집어냈다.

"라면도 이게 끝이네. 쌀도 떨어졌는데."

"이따 형이 장 볼게."

"저랑 같이 가요. 저도 형이랑 같이 사무실 쓰는 사람인데 반씩 내야죠."

"빨리 작가가 한두 명 더 들어와야 할 텐데."

애초에 4인 기준으로 얻은 사무실이었다.

그런데 지금 사무실을 사용하는 작가는 민호와 현경 두 사람뿐이었다. 2명이 취업하겠다면서 글쓰기를 포기하고 나가 버렸기 때문이다.

덕분에 부담이 커졌다. 넷이서 나눠서 냈던 월세 및 공과금을 둘이서 충당하게 되었으니까.

아직 인세를 받은 것도 없기 때문에 현경은 물론이고 민호도 몹시 상황이 빠듯했다.

"그때 만났던 정도현 작가는 들어올 생각 없대?"

"네, 그 작가 진주 살잖아요. 당장 여윳돈이 없어서 무작정 서울로 올라오기는 좀 힘들대요."

현경이 물 받은 냄비를 가스레인지에 올리며 대답했다.

민호는 고개를 뒤로 꺾고는 거미줄이 낀 천장 구석을 바라보며 중얼거렸다.

"이 친구를 받아야 하나……."

"으음? 무슨 말씀이세요?"

"사실 아는 동생이 있어. 원래 로맨스랑 성인물 쓰던 작가였는데 결혼하고 오래 쉬었거든. 근데 작년에 이혼했나 봐."

"저런……."

"내가 사무실에서 먹고 잔다고 했더니 자기도 들어오고 싶대. 물론 월세 같은 건 자기도 엔빵하겠다고 하고."

현경이 라면 봉지를 뜯다 말고 즉시 반색을 했다.

"그럼 당장 입주하라고 하세요. 좋잖아요?"

"여자야."

"네?"

현경이 휘둥그레진 두 눈으로 반문했다.

민호는 크게 하품을 하더니 대답을 이었다.

"여자라고. 성격은 좋아. 쿨하고 조용해. 문제는 사무실에 여자가 들어오면 여러모로 불편할 일이 생길 거잖아. 화장실도 하나고. 아무래도 여자니까 작은방을 통째로 줘야 할 테고."

"그건 그래요."

"그래서 네 의견을 묻는 거야. 넌 생각이 어때?"

현경은 즉답을 못하고 냄비에 라면과 스프를 넣었다. 신중하게 두 눈알을 굴리며 생각한 끝에 그는 넌지시 물었다.

"그 작가님 변비는 없죠?"

"무슨 소리냐?"

"화장실만 길게 안 쓰면 저는 찬성이라고요."

잠시 멍해 있던 민호가 풉 하고 웃음을 터뜨렸다.

현경도 씁쓸하게나마 미소를 지으며 덧붙였다.

"현금이 30만 원도 안 남았으니까요. 지금 제가 어떻게 상황을 따지겠어요. 그리고 성격도 좋은 분이라니, 전 민호 형 의견에 따를게요. 같이 지내도 상관없어요."

"고맙다, 현경아."

"뭘요. 아, 계란 넣어야지."

현경이 부글부글 끓는 냄비를 등지고 냉장고 문을 열었다.

바로 그때, 비밀번호를 입력하는 소리에 이어 현관문이 활짝 열렸다.

"어? 하 작가님, 말씀도 없이 어쩐 일이세요?"

"뭐? 하 작가님 오셨어?"

소리를 들은 민호도 자리에서 일어나 부엌으로 나왔다. 열린 문턱 앞에 재건이 웃으며 서 있었다.

"라면 끓이고 계셨구나. 제가 한발 늦었네요."

"네? 아아, 하 작가님도 식사 안 하셨나요? 그럼 먼저 드세요. 저는 그렇게 배 많이 안 고픕니다."

"아니요, 전 먹었어요. 죄송한데 두 분 잠시만 저 좀 도와주셔야겠습니다."

"뭔데요? 말씀만 하세요."

"그럼 잠깐만 나오세요."

민호와 현경은 재건을 따라 빌라 밖으로 나왔다. 입구 앞에는 재건의 차가 주차되어 있었다. 차의 트렁크를 열며 재건이 말했다.

"사다 보니 생각보다 많아서요. 혼자서는 못 듭니다."

"네? 그게 무슨……?!"

열린 트렁크 안을 들여다본 민호는 입을 찢어져라 벌렸다.

커다란 종이 박스 3개에 온갖 식료품이 가득히 채워져 있었다. 쌀에서부터 만두와 돈가스를 비롯한 각종 냉동식품, 참치와 햄 통조림, 달걀, 우유, 과일주스 등등 없는 게 없었다.

"라면만 드시지 마시고 번거로우시더라도 챙겨서 드세요. 요즘 두 분 보면 얼굴이 너무 핼쑥하세요."

"하 작가님……!"

민호는 감격한 나머지 눈물이 핑 돌 지경이었다. 꽉 막힌 목으로는 그 어떤 말 한마디조차도 토해낼 수가 없었다.

원고 작업을 도와준 것만으로도 재건을 삶의 은인으로 여기고 있는 민호였다. 이렇게 세세한 부분까지 신경을 써주다니. 아직 잘나가는 작가도 되지 못했는데.

이해타산이 없는 재건의 마음 씀씀이는 끝내 민호의 두 눈시울을 붉어지게 만들었다.

"제, 제가 나르겠습니다."

현경이 눈치 빠르게 숙연해진 분위기를 가르고 나왔다. 그는 가장 무거운 종이 박스 하나를 쿵 소리를 내며 들고는 집 안으로 날랐다.

"하 작가님, 두세요. 제가 할게요."

"둘 남았으니 하나씩 들면 되죠. 여차!"

재건과 민호는 남은 두 박스를 하나씩 들고 사무실로 들어섰다.

재건은 냉장고 옆으로 박스를 내려놓고는 허리를 펴고 서서 말했다.

"그리고 두 분이요. 이따 4시 전에 선인세 좀 들어갈 거예요."

"선인세…… 라니요?"

민호와 현경이 동시에 고개를 갸우뚱해 보였다. 종이책도 아니고 유료 연재 방식이다. 특별한 경우가 아니고서야 선인세를 받을 수 있는 시스템이 아닌 것이다.

"래프북스 대표님하고 통화했어요. 많이는 아니겠지만 생활비랑 급한 부분들 해결하실 정도는 입금될 겁니다. 인세 제대로 나올 때까지 두 달만 참으시고 열심히들 쓰세요."

"아, 하 작가님. 아아, 진짜……."

이제는 현경마저 차마 말을 잇지 못하고 찡해진 코끝을 실룩였다. 데뷔작 성적이 좋지 않아 잠시나마 침울했던 스스로가 몹시 한심하게 느껴졌다. 이토록 대단한 작가가 곁을 보듬어주고 있었는데 새까맣게 잊어버리고 배부른 푸념이나 늘어놓고 있었던 것이다.

"라면은 오늘까지만입니다. 기왕 끓이셨으니 어서 드세요."

"네, 명심하겠습니다."

"저도 명심하겠습니다."

"하하하."

민호와 현경이 라면을 먹는 동안 재건은 커피를 마시며 핸드폰으로 소설을 읽었다. 현경도 한 손으로는 핸드폰을 쥐고 인터넷 뉴스를 보는 중이었다.

"으음……?"

핸드폰을 들여다보던 현경이 미약한 침음을 흘렸다. 민호의 힘차게 면발을 빨아들이는 소리가 그 침음을 파묻었다.

"아니, 이거……?"

현경이 부쩍 높아진 목소리로 중얼거렸다. 단무지 한 조각을 젓가락으로 집으며 민호가 물었다.

"왜 그래?"

"아니요, 뉴스를 보는데 하재건 작가님 성함이 나오는데요?"

재건도 핸드폰에서 시선을 떼고 고개를 들었다. 그의 눈앞으로 현경이 자신의 핸드폰을 내밀어 보이고 있었다.

"이거…… 하 작가님이랑 동명이인인가요?"

핸드폰 화면을 채우고 있는 것은 제31회 현대청년문학상 수상작 발표 뉴스였다. 작품명은 '질풍노도'. 더불어 작가의 이름은 '하재건'이었다.

"아, 지금 떴어요?"

재건이 별다른 감흥 없는 희미한 미소로 물었다.

현경의 입은 아주 천천히, 그러나 한계를 모르고 찢어질 듯 벌어지기 시작했다.

"하, 하 작가님……! 이거 진짜 하 작가님이세요?"

"이야, 순문학 쪽이잖아요? 역시 잘 쓰시는 분은 뭘 써도 잘 쓰시는군요. 정말 축하드립니다."

민호도 놀라워하며 축하를 보냈다. 그러나 현경이 느끼는 경악은 민호의 열 배 이상이었다. 현대청년문학상이 얼마나 수상하기 힘든 것인지 그는 특히나 잘 알고 있었다.

"저, 저, 저 문창과 출신이라서 압니다. 이거 진짜 와……
현대청년문학상?! 소름이 돋아서…… 아, 죄송해요. 아 진
짜 말을 잇질 못하겠어요. 진짜 대단하세요. 최고예요, 하
작가님!"

"그렇게 엄청난 상이야?"

"말씀이라고 하세요, 민호 형? 이거 하나 타려고 10년 넘
게 매달리는 작가도 부지기수예요. 이건 문단 문학에서 인정
받는 지표의 정점이라고요! 와, 진짜 대단해요. 진짜로!"

재건은 쑥스럽게 웃으며 뒷머리를 긁적였다.

얼이 빠져서 거친 숨을 몰아쉬는 현경의 어깨에 손을 얹으
며 그는 부드러운 어조로 말했다.

"시상식 와주시면 참 고마울 거예요."

"다, 당연하죠! 무조건 가야죠! 저한텐 영광입니다!"

재건이 지그시 웃으며 민호에게로 눈길을 돌렸다.

"민호 작가님도요."

"굳이 말씀하실 게 뭐 있으세요? 그런데 시상식 날 가면
요. 저녁은 비싼 걸로 사주시는 겁니까?"

재건을 시작으로 세 사람이 모두 한바탕 웃음을 터뜨렸다.

바깥은 여전히 살을 에는 바람이 몰아치는 겨울. 난방 한
번 틀지 못한 사무실이 이제 춥지만은 않았다.

그로부터 1시간이 채 지나지 않은 시각.

　해태미디어 쪽에서도 하재건의 현대청년문학상 수상 소식을 접했다. 가장 먼저 알아챈 건 배불뚝이 대표였다.

　"이렇게 된 이상 뭔 수를 동원해서라도 하재건 작가와 계약을 따내야 해!"

　고함을 내지르는 대표 앞에는 종구와 경수가 나란히 앉아 있었다. 두 사람 모두 죄인처럼 고개를 푹 숙인 채였다. 회사로 복귀하자마자 계약 실패를 이유로 된통 까였다. 그런데 불과 10분 만에 다시 대표실로 불려온 것이다.

　"어떻게든 계약해! 최고 대우를 해주겠다고 해! 정말로 최고 대우를 해주라고!"

　"대표님, 최고 대우라면……?"

　"몰라서 물어?! 종이책 15퍼센트 주라고!"

　"대, 대표님……!"

　종구에 이어 경수도 안색이 창백해져 입을 다물었다.

　판타지와 무협 계열에서 종이책 인세 15%를 받은 작품은 지금까지 단 세 작품밖에 없었다. 대략 10,000부 이상을 팔아야만 이윤이 남게 된다.

　"큰 모험은 아니야! 달빛 정원사나 비뢰검 때와는 상황이 많이 달라졌으니까. 우리도 이제 전자책 플랫폼 자리 잡혀가잖아. 그쪽으로 충분히 만회할 수 있으니까 그렇게 계약해.

선인세도 달라는 대로 주고."

경수가 조심스레 입을 열고 대꾸했다.

"저기, 대표님…… 하 작가님을 낮게 보고 드리는 말씀은 아니지만요. 현대청년문학상은 완전히 문단 문학 쪽이라서요. 그쪽 독자랑 이쪽 독자는 절대 안 겹치니 크게 신경을 쓰실…… 윽."

경수가 신음을 흘리며 말을 멈췄다. 종구가 옆에서 팔꿈치로 옆구리를 쳤기 때문이었다. 이 바닥에서 오랜 세월을 구른 종구는 경수의 말이 잘못되었다는 것을 알고 있었다. 그 증거로 대표의 질책이 이어지고 있었다.

"박 대리, 자네 하나는 알고 둘은 모르는군. 이제부터 하 작가에게 얼마나 많은 일이 생길 것인지 아나? 원고 청탁에서부터 각종 강연 의뢰가 쏟아질 텐데! 게다가 진정한 문학 작품을 썼다는 자부심이라도 갖게 돼서, 어? 영영 판무를 안 쓰겠다고 선언이라도 하면 어쩔 거냐고!?"

"죄, 죄송합니다. 그렇게까지는 깊이 생각 못했습니다."

경수가 즉시 얼굴을 붉히며 고개를 조아렸다.

대표는 목을 쥔 넥타이를 풀고는 조금 누그러진 목소리로 말했다.

"시상식도 참가해. 뭐라도 떨어질 때까지 계속 하재건 작가 귀찮게 만들어."

"네, 대표님."

"연말연시에 선물은 뭐 보냈었지?"

"수원 댁으로 영양제랑 한우 보내드렸습니다."

"약해, 더 센 걸 생각해 봐. 너무 부담스러우면 또 안 받으려고 할 테니 적당히 부담스러운 걸로. 오늘 자네들과의 점심값도 본인이 계산한 걸 보면 확실히 선을 그으려는 모양새야. 어떻게든 그 선을 넘게. 알았나?!"

"네, 대표님!"

"그래, 자네들 믿어. 가서 일들 봐."

종구와 경수가 대표실에서 나가고 문이 닫혔다.

홀로 남은 대표는 뒷머리를 싸매며 고민하는 중이었다. 현대청년문학상에 나도 동행하는 게 좋을까 하고.

"후우……."

키보드를 두드리다 말고 명훈이 한숨을 쉬었다.

등 뒤를 제외한 3면이 파티션으로 막혀 있었다. 넥션 모바일 기획 팀 사무실의 내측 구석에 특별히 마련된 그의 자리였다.

신작 모바일 게임의 시나리오 작가로 기용된 이후 명훈은 거의 매일 출근하고 있었다. 집중력이 향상되고 빠른 커뮤니케이션을 도모할 수 있다는 것이 대외적인 이유였다.

하지만 속셈은 수회였다. 최대한 빈번하게 눈도장을 찍으면서 나빠진 관계를 수복하고 한발 더 나아가 그녀의 환심을 사는 것.

이것이 자기 집의 좋은 서재를 놔두고 굳이 사무실로 출근하는 명훈의 진짜 목적이었다.

'왜 이렇게 맘에 안 들지.'

모니터를 바라보며 명훈은 인상을 구겼다.

끝을 맺지 못한 문장 끄트머리에서 커서가 공허하게 깜박이고 있었다. 결국 그는 백스페이스키를 눌러 지금껏 썼던 시나리오를 모조리 삭제해 버렸다.

'집중하자, 집중.'

사실 명훈은 오늘 아침부터 상태가 줄곧 좋지 않았다.

불쾌함의 원인은 스스로도 잘 알았다. 다만 의식적으로 거기에 대한 생각을 피하고 있었다. 아침부터 지금까지 줄곧 시나리오 작성에만 몰두했다. 인터넷도 접속하지 않았고 핸드폰도 한 번 들여다보지 않았다.

"저어…… 오명훈 작가님."

자신을 부르는 소리에 명훈이 고개를 홱 들었다. 기획 팀 직원 혜미가 서 있었다.

매서운 명훈의 눈빛에 그녀는 순간적으로 상체를 움찔 떨었다.

"무슨 일입니까?"

"메신저 답이 없으셔서요. 팀장님께서 연대기 초안 언제쯤 완성되느냐고 물어보시는데요."

혜미는 조금 겁에 질린 표정이었다. 마음이 약한 그녀로서는 당연한 노릇이었다. 과거 모바일 레이싱 게임을 기획할 때 한두 번 당했던 게 아니니까. 당시 혜미는 명훈 때문에 울음을 터뜨리기까지 했었다.

"으음……."

명훈이 침음을 흘리며 양 손가락으로 좌우 관자놀이를 꾹꾹 눌렀다. 문장이 전부 삭제되고 텅 비어버린 워드 프로그램 화면을 바라보면서 그는 나직이 말했다.

"제가 곧 말하러 간다고 전해 주세요."

"네, 알겠습니다."

혜미가 즉시 돌아서려 했다.

바로 그 순간, 명훈은 뒤늦게 생각이 났다는 얼굴로 두 눈을 치켜떴다.

"혜미 씨, 잠깐만요."

혜미가 몸을 반쯤 돌린 어정쩡한 자세로 멈췄다.

명훈이 자리에서 일어섰다.

훌쩍 큰 키로 혜미를 내려다보면서 그는 작지만 또렷한 어조로 말했다.

"실례가 많았습니다."

"……네?"

"예전의 제 무례한 언행에 대해서 사과드리는 겁니다. 작업을 하다 예민해지면 주변 사람들의 기분을 전혀 고려하지 못합니다. 그러다 저도 모르게 상처를 주기도 하는 나쁜 구석이 있어요. 인정합니다. 두 번 다시 그럴 일 없도록 주의하겠습니다. 혜미 씨를 포함해서 기획 팀 모든 분 앞에서요."

"아, 아…… 저는 뭐 괜찮은데……."

혜미가 금세 얼굴을 붉히고 우물쭈물했다.

예상은 했지만 훨씬 단순하고 쉬운 여자다.

그렇게 생각하면서도 명훈은 진중한 표정으로 말을 계속했다.

"사과의 의미로 언제 한 번 저녁이라도 사고 싶습니다."

"저녁…… 이요?"

"부담스러우시면 기획 팀 모두 동석해도 좋습니다. 하지만……."

명훈이 말끝을 흐리며 짐짓 주위를 살피는 듯이 두리번거렸다. 그러고는 혜미에게 조금 더 얼굴을 가까이 하며 속삭이듯 말을 이었다.

"가장 사과드리고 싶은 분은 혜미 씨라는 걸 알아주셨으면 좋겠네요."

"아, 아아…… 네. 네…….

혜미는 덥지도 않은데 땀이 배는 뺨을 손으로 훔치고 있었다.

따지자면 명훈은 그녀의 호감을 살 여러 요소를 충족하는 사내였다. 잘생긴 얼굴과 맵시 있는 옷차림, 여기에 한국 최대 출판 그룹 경영자의 아들이라는 배경까지.

"저는 정말 괜찮아요, 오 작가님…….

명훈을 향한 나쁜 감정은 이미 사라지고 없는 혜미였다.

애초에 얄팍했던 미움이었다. 지금은 그저 소녀처럼 가슴만 콩닥콩닥 뛰고 있을 뿐이었다.

"그럼 전 이만…… 고, 고생하세요.

"혜미 씨도요.

혜미는 자기 자리가 아닌 휴게실 쪽으로 잰걸음을 옮겼다.

명훈은 혼자 피식 웃었다. 자기 때문에 열이 올라서 식히려고 나가는 것이 분명했다.

'좋은 게 좋은 거지. 나중에 써먹을 데가 생길지도 모르는 일이고. 멍청한 여자들은 조종하기가 쉬우니까.'

수희는 혜미를 비롯한 부하 직원들을 끔찍하게 아끼는 성미다. 기획 팀 직원들과 두루두루 친하게 지내면 나쁠 까닭이 없으리라. 혜미에게 사과한 건 이러한 생각의 첫걸음이었다.

'오늘은 도저히 안 되겠다.'

명훈은 끝내 한 줄도 작성하지 못한 워드 프로그램을 종료시키고 웃옷을 챙겼다. 그리고 성큼성큼 파티션 사이를 지나 수희의 자리로 향했다.

"수희야, 아니…… 팀장님."

명훈이 호칭을 고쳐 불렀다.

수희가 모니터 화면에서 얼굴을 떼고 바라보았다. 그녀의 입가에 환한 미소가 걸려 있었다.

"네, 오 작가님."

문득 명훈은 가슴이 한껏 부풀어 오르는 것을 느꼈다. 한가득 빨아들인 숨이 폐부 깊숙이 스며들고 있었다.

"말씀하세요."

말을 잇는 수희의 아름다운 얼굴은 여전히 웃고 있었다.

다른 그 어떤 여자도 아닌 수희다.

그녀가 웃는 얼굴로 자신을 바라보며 말하고 있는 것이다. 얼마나 오랜만에 겪는 해맑은 미소인지 기억조차 까마득했다.

"그게…… 오늘은 컨디션이 좋지 않아서 이만 들어가 봐야 할 것 같습니다."

"아아, 그래요?"

어딘지 모르게 건성으로 대답하는 수희의 두 눈이 모니터

쪽을 힐끗거리고 있었다. 화면이 보이지 않는 명훈은 뭘 보고 있는 것인지 궁금해졌다.

그러나 바로 다음 순간.

명훈은 한껏 숨을 빨아들인 채로 호흡을 멈추고 섰다. 거대한 쇠절구가 뒤통수를 강타하기라도 한 것 같은 기분이었다.

무서우리만치 신랄한 감각이 그에게 경고하고 있었다.

결코 너를 위한 미소가 아니라고.

"그럼 언제까지 주시겠어요?"

질문하는 수희의 입가엔 여전히 희미하게나마 미소가 걸려 있었다.

명훈은 최대한 내색하지 않으려 어금니를 꾹 물고 낮은 음성으로 대답했다.

"내일 저녁까지는 드리죠."

"알겠어요. 들어가세요, 오 작가님. 고생하셨어요."

극히 사무적인 말과 함께 수희는 다시 모니터 뒤로 작은 얼굴을 숨겼다. 명훈은 뒷걸음질을 하면서 물러난 끝에 아주 천천히 몸을 돌렸다.

'나는 나야……! 나답게 가면 되는 거라고……!'

사무실을 벗어나는 내내 명훈은 속으로 되뇌고 있었다.

엘리베이터에 오른 직후.

명훈은 핸드폰을 꺼내 인터넷에 접속하고 말았다.

더는 피하기만 할 문제가 아니다. 수희가 보인 미소의 진위를 확실히 알아야 한다.

떨리는 손가락이 검색어 입력창에 현대청년문학상을 입력하고 있었다. 확인을 누르자 관련 뉴스가 줄줄이 쏟아져 나오기 시작했다.

—제31회 현대청년문학상을 수상하게 된 하재건 작가는 역대 최연소 수상자로서…….

—하루하루를 버티는 것 자체가 삶인 현대인의 초상을 서글프도록 신랄하게 그려낸 역작이라는 평가와 함께…….

—이미 멍청한 여자와 90년대 소년으로 디지털문학상을 휩쓴 전적이 있으며…….

명훈은 핸드폰을 뚫어져라 노려보며 거친 콧김을 픽픽 뿜어냈다.

반드시 탈락할 거라고 자신했던 마음이 무참히 으깨졌다.

뉴스에 뜬 재건의 웃는 얼굴이 찢어발기고 싶을 정도로 증오스러웠다.

'빌어먹을……! 줏대라고는 없는 문단 놈들!'

명훈은 피가 나도록 이를 악물고 몸을 부르르 떨었다.

하재건과 풍천유가 동일 인물이라는 사실을 심사 위원단에게 익명으로 제보한 것도 전혀 먹히지 않았다. 완전한 패배였다.

'이수희……!'

조금 전 보았던 수희의 웃는 얼굴이 명훈의 눈앞에 아른거렸다. 뼈아프도록 잔인한 미소였다.

급기야 명훈은 혼자만의 엘리베이터 안에서 고막이 터지도록 한껏 괴성을 토해냈다.

BIG LIFE

시상식장에는 많은 사람이 와주었다. 아버지를 포함한 가족은 물론이고 절친한 벗 정진과 수희도 기꺼이 시간을 내주었다. 래프북스의 태원도 아내 동미를 데리고 참석했으며 해태미디어의 종구와 경수도 함께했다. 작가 사무실의 민호와 현경도 하루 집필을 포기하고 자리를 빛내주었다.

"짜식이, 이번엔 의상에 신경 좀 썼네? 디지털문학상 때보다 때깔이 훨씬 좋아지지 않았어?"

정진이 곁의 수희에게 속삭이듯 물었다.

수희는 엷게 웃으며 고개를 끄덕였다.

눈앞으로 고정되어 있는 시선은 움직이지 않았다.

말쑥하게 정장을 차려 입은 재건이 단상 위에서 수상 소감을 발표하고 있는 중이었다.

"정말 멋있다, 재건이. 이렇게 멀리서 보는데도 엄청 커 보인다, 얘."

"그러게, 내가 다 신기해. 내 친구 아닌 거 같아. 자꾸만 낯설어 보인다니까."

"근데, 판타지 소설 쓴 이야기는 안 하네?"

수희가 목소리를 낮추고 물었다.

정진은 주변을 살짝 두리번거리고는 그녀에게 귀엣말로 속삭였다.

"현대청년문학상 측에서 판매량 문제도 있으니 그 부분에 대해서는 함구하자고 그랬대. 문단 독자들이 거부감 느낄 수도 있다고."

"그랬구나……."

"어차피 언제고 알려지게 되겠지. 다만, 나서서 먼저 밝히지는 말자는 거지. 솔직히 이해돼."

수희도 고개를 끄덕여 수긍했다.

단상 위, 재건의 수상 소감은 막바지에 다다르고 있었다.

"모두에게 감사합니다. 하지만 역시 주인공인 상진과 혜영의 모티프가 된 두 사람에게 가장 큰 공을 돌리고 싶습니다. 두 사람 중 남자는 저와 가장 친한 친구입니다. 오늘도 역시 이 자리에 저와 함께하고 있습니다."

고개를 든 재건의 눈길이 정진 쪽으로 향했다. 정진은 뭉클해진 가슴으로 씩 웃으며 재건을 향해 손을 들어 보였다.

"……그리고 또 한 사람. 사실상 이 소설의 전체를 이끌어 간 가장 강력한 인물인 혜영을 창조시키기까지 크나큰 도움을 준 그녀에게 감사의 말을 전합니다. 오늘도 일이 바빠서 시상식에 참가하지 못한 그녀에게 저의 작품 '질풍노도'를 바칩니다. 감사합니다."

누군가를 시작으로 시상식장을 가득 메운 사람들이 열렬히 박수를 치기 시작했다. 재건은 모두를 향해 허리를 90도로 숙였다. 우레와 같은 박수 소리는 좀처럼 그칠 줄을 몰랐다.

카메라맨이 한 걸음 더 다가와 섰다. 그의 렌즈는 오로지 재건에게만 초점을 맞추고 있었다. 현재의 시상식은 라디오 및 인터넷 TV로 송출되고 있는 중이었다.

현대청년문학상과 문단 문학에 관심을 가진 많은 사람이 각지에서 생중계로 시상식을 접하고 있었다.

이들 중에는 명훈도 포함되어 있었다.

"비열한 놈, 결국 한마디도 안 하는군……!"

손 안의 빈 맥주 캔이 무참히 찌그러졌다.

명훈은 찌그러진 맥주 캔을 책상 너머 구석으로 내던졌다. 그리고 개인 냉장고로 가서 또 하나의 맥주를 꺼내 들었다.

"찔리는 데가 있는 거지? 그러니까 말하지 않는 거지? 왜 당당히 안 밝히냐, 하재건? 니가 판타지 쓰고 무협 쓴 게 쪽 팔려? 부끄럽냐? 그래, 당연히 부끄럽겠지."

명훈은 새빨개진 두 눈을 가물거리며 거듭 빈정거렸다.

분명히 신경을 쓰지 않겠다고 다짐했다.

그런데 어느 순간 자기도 모르게 술을 마시고 있었다.

한 캔, 두 캔, 세 캔······.

결국은 만취가 목전일 지경까지 이르러 버렸다.

명훈은 인터넷 TV를 종료시키고 새로 뚜껑을 딴 맥주를 벌컥벌컥 들이마셨다. 반쯤 마셨을 때 구토감이 올라와서 황급히 캔에서 입을 떼어냈다. 흘린 맥주가 허벅지 위로 쏟아졌다.

"크으······!"

명훈의 떨리는 열 손가락이 키보드 위로 향했다.

새하얗게 텅 빈 머리는 아무런 생각이 없었다.

오로지 본능적인 움직임으로 시작된 타자였다.

─현대청년문학상 수상한 하재건이요. 사실 풍천유라는 판타지 작가라는;;;;

─헉, 지존록 시리즈요? 그 내용도 없는 글자혼합물? 저는 작품이 좋으면 문단이든 장르든 가리지 않고 봅니다만 그 작품

은 진짜 두 눈 뜨고 못 봐주겠던데요;;;;

―도저히 같은 작품을 쓴 작가라고 생각이 안 되죠. 솔직히 말씀드리자면 판타지나 무협은 글이라고 볼 수도 없죠;;;

―문단 문학을 사랑하는 독자로서 너무 어이가 없습니다. 대여점을 전전긍긍하던 작가에게 현대청년문학상이라니. 오랜 역사와 이름이 아깝습니다.

―심사 위원분들은 반성하시고 정신 똑바로 차리시길.

―진심으로 이 나라 문학의 앞날이 걱정되네요…….

명훈은 서로 다른 아이디로 각종 사이트와 SNS를 누비면서 재건을 비방하는 글을 생산해 내기 시작했다. 입가에는 내내 웃음이 걸려 있었다. 한껏 오른 술기운은 저열한 쾌감을 제대로 증폭시키고 있었다.

'스스로 까발리지 못하겠어? 그럼 도와줘야지, 동기로서.'

타다닥! 타닥! 타다다다닥! 타닥! 탁!

명훈은 시간의 흐름을 가늠하지 못하고 줄기차게 비방하는 글을 적고 또 적었다. 지쳐서 고꾸라지기 직전까지 불이 나도록 키보드를 두들겨 대는 손가락은 멈추지 않았다.

"끄흐흐…… 하재건…… 하재건……."

명훈은 취한 두 눈을 흘기듯이 뜬 채 중얼거리다 말고 의자에 앉은 채로 곯아떨어졌다. 잠이 든 뒤에도 입가에 새겨진 어두운 미소는 지워지지 않고 있었다.

각종 비방문의 파급력은 상당했다. 명훈이 잠든 사이 SNS를 통해 순식간에 인터넷 전역으로 퍼져 나갔다.

디지털문학상과 현대청년문학상을 수상한 문단 작가 하재건, 그리고 '더 브레스'를 비롯한 각종 판타지 소설로 장르 소설 시장을 휩쓴 풍천유가 동일 인물이라는 사실을 몇 시간이 채 지나기도 전에 수많은 네티즌이 알게 되었다.

그리고…….

많은 변화가 일어났다.

5,000명이었던 재건의 트위터 팔로워 수가 10배인 5만 명 이상으로 불어났고 '더 브레스'의 구매 수는 10% 이상 증가했다. 판매량이 급상승한 '멍청한 여자'와 '90년대 소년'은 각종 인터넷 서점에서 실시간 판매 순위 10위권 내로 진입하고 있었다.

모든 것이 하룻밤 사이에 벌어진 일이었다.

깊은 잠에 빠져든 명훈은 자신의 소망과 정반대의 일이 펼쳐졌다는 사실을 꿈에서조차 깨닫지 못하고 있었다.

21장
실시간 인기 검색어다

'으으음……!'

재건은 꿈을 꾸고 있었다.

눈앞이 온통 안개가 낀 것처럼 희뿌옇기만 했다. 무거운 눈꺼풀은 느릿하게 내려왔다 올라가길 거듭하고 있었다.

시간이 흐르면서 어렴풋하게나마 사물을 분간할 수 있을 만큼 시야가 회복되었다.

재건은 자신이 길바닥에 모로 널브러져 있음을 알았다. 지면이 직각으로 서 있었다. 지척에서 울리던 자동차의 엔진 소리가 아득하게 멀어져 가고 있었다.

문득 코끝으로 까끌까끌한 감촉이 느껴졌다.

짙푸른 털빛이 눈앞에서 하늘거리고 있었다. 향기만으로

도 리카라는 걸 알 수 있었다. 리카는 꼬리를 빳빳하게 세우고서 재건의 얼굴 여기저기를 핥아대기 바빴다.

'리…… 카…….'

목소리가 나오지 않았다. 손을 뻗고 싶어도 몸이 말을 듣지 않았다. 온몸이 물에 흠뻑 젖은 솜처럼 무겁기 짝이 없었다.

문득 누군가의 손길이 느껴졌다. 투박하고 억센 손길이었다. 그 손은 재건이 등에 메고 있던 가방의 지퍼를 열고 있었다. 그리고 잠시 후, 다급한 발소리가 멀어져 갔다.

'끝을…… 내지…… 못했는데…….'

급격하게 정신이 흐려지기 시작했다. 마지막 순간, 재건은 사력을 다해 손을 뻗어 리카의 목덜미에 얹었다. 리카가 하늘을 우러러 울음을 토해내고 있었다.

"재건아, 하재건."

"으으…… 으어어…….."

"야야, 하재건. 일어나 봐. 얼른."

재건이 두 눈을 부릅떴다. 걱정스런 눈초리로 내려다보고 있는 정진의 얼굴이 보였다. 재건은 놀란 표정 그대로 상체를 벌떡 일으켰다.

"아씨, 너 왜 그래? 악몽 꿨어?"

"……꿈?"

"그래, 꿈. 야, 식은땀 봐라. 누가 보면 사우나하고 있는 줄 알겠다. 좀 닦아."

정진이 자신의 젖은 머리를 털던 수건을 건네주었다. 재건은 받을 생각도 없이 거친 숨을 몰아쉬며 자신의 몸을 내려다보았다. 정진의 말마따나 온몸이 땀으로 흥건히 젖어 있었다.

'꿈이었다고……?'

단순한 꿈이라고 치부하기엔 지나치게 생생했다. 이유도 없이 바닥에 쓰러져 있던 자신과 곁을 지키고 있던 리카, 그리고 누군가의 손길까지 모든 것이 또렷하게 기억에 남아 있었다.

"너 좀 걱정된다. 무슨 꿈을 꾼 거야?"

정진이 한쪽 눈두덩을 찌푸리며 물었다. 재건은 아주 천천히 고개를 들고 그를 바라보았다. 다시금 옮겨 간 시선은 정진의 어깨 너머로 펼쳐져 있는 낯선 집 안 풍경을 훑고 있었다.

'아, 어제 그랬었지…….'

재건은 스스로 납득하고 수건으로 젖은 얼굴을 훔쳤다. 이곳은 수희의 아파트였다.

어제 시상식이 끝나고 난 이후의 일이었다.

모두와 저녁 식사 겸 뒤풀이를 한 다음 수희와 정진만 남아 셋이서 2차를 하게 됐다. 여기에 회사에서 퇴근한 동기 효진이 가세했고 술자리에 불이 붙었다. 급기야 혼자 사는 수희의 집으로 모여서 네 동기가 새벽까지 마셔댔던 것이다.

"야, 하재건. 정신 아직 안 드는 거야?"

"아니야, 아직 잠이 덜 깨서. 근데, 집 안이 조용하다?"

"수희랑 효진이 둘이서 마트 갔어. 우리 밥해준다고. 나간 지 30분쯤 됐나. 슬슬 오겠다."

정진이 재건의 등허리를 가볍게 손바닥으로 쳤다.

"애들 오기 전에 들어가서 씻어라. 청소는 후발 주자가 하는 거 알지? 나 요즘 머리카락 많이 빠지니까 배수구 청소 좀 잘해야 할 거다."

"그래, 알았다."

재건은 피식 웃으며 일어나 욕실로 들어갔다. 문을 닫으려는 찰나에 정진의 목소리가 들려 왔다.

"거기 세면대 위에 파란 칫솔 새 거랑 1회용 면도기 써라. 수희가 쓰라고 꺼내 둔 거다. 수건은 수납장 안에 있다."

"오케이."

재건은 문을 잠그고 옷을 벗었다. 어제 입었던 외출복이 아닌 수희가 준 펑퍼짐한 트레이닝복 차림이었다.

자기 오빠가 가끔 올 때 입는 옷이라고 했던가. 수희의 말을 떠올리며 옷을 다 벗은 재건은 유리로 된 샤워 부스 문을 열었다. 해바라기 샤워기가 설치되어 있었다.

'좋네, 물도 안 튀고. 이사 가면 나도 이런 거 설치할까.'

재건은 따뜻한 물로 개운하게 몸을 씻었다. 양치질과 면도까지 끝낸 다음 욕실을 깔끔하게 청소하고 밖으로 나왔다.

"다 씻었냐?"

발코니 쪽에서 바깥을 바라보던 정진이 돌아보았다. 재건이 젖은 머리를 털며 다가가 나란히 섰다. 고층 아파트에서부터 내려다보이는 한강의 전경이 아름다웠다.

"집 참 좋다. 나는 언제 이런 데서 살아보나."

정진의 장난스런 푸념에 재건은 소리 없이 웃었다.

수희의 집안이 유복하다는 건 대학 시절부터 느끼고 있었다. 본인이 대놓고 드러낸 적은 없으나 태생적인 귀티라든가 부티는 애초에 감추기가 어려운 법이다.

"적어도 5억은 하겠지?"

"그 이상일걸. 요즘 집값 장난 아니잖아."

"미친. 5억만 해도 보자, 내 연봉이 이번에 협상해서 3,000이니까 2,000씩만 허리띠 졸라매고 꼬박꼬박 모은다고 해도…… 아, 갑자기 담배 땡긴다. 여기 금연이냐?"

"그만 좀 해."

재건이 정진의 배를 툭 치며 돌아섰다. 어제는 술을 마시고 이야기를 하느라 제대로 집 안을 돌아보지 못했다. 그는 새삼스런 눈길로 수희의 집을 구경했다.

'수희답네.'

블랙 앤 화이트 톤으로 정돈된 질서정연한 인테리어는 이수희라는 여자 자체를 들여다보는 느낌이었다.

재건은 TV를 지나 욕실 옆으로 자리한 방 안을 들여다보았다. 열린 문 안으로 보이는 건 3면을 가득 메운 책장이었다. 수희의 서재였다.

'누가 문창과 아니랄까 봐.'

재건은 안으로 들어가 책장마다 가득 들어찬 책을 두루두루 살펴보았다. 나름 독서량이 높다고 자부하는 재건이지만 아직 읽어보지 못한 책이 태반이었다.

'와, 이거 이중 책장이었어?'

재건이 혀를 내두르며 손을 뻗었다. 눈에 보이는 책들만 해도 산더미인데 그 뒤에 또 책들이 숨겨져 있었던 것이다. 감탄스런 표정을 한 재건의 손이 책장을 밀어 젖히고 있었다.

바로 그때.

"아이구, 어깨 빠지겠다."

현관문이 열리는 소리와 함께 효진의 지친 목소리가 들려왔다. 재건은 책장을 열다 말고 거실로 나왔다. 수희와 효진이 식재료로 가득한 쇼핑백을 현관 앞에 내려놓은 참이었다.

"야, 내려오라고 전화를 하지 그랬어."

발코니에 서 있던 정진이 황망히 달려와 쇼핑백을 들어 옮겼다. 효진이 그 즉시 눈을 흘겼다.

"전화 같은 소리하고 있네. 두 번이나 했거든?"

"어? 아, 맞다. 무음으로 돼 있었지. 그럼 재건이한테라도 하지."

"재건이한테는 세 번 했어."

마찬가지로 눈을 흘기며 수희가 하는 말이었다. 정진의 등 뒤로 선 재건은 아직 마르지 않은 머리를 긁적거리며 어물어물 대답했다.

"나도 무음으로 해놔서……."

효진이 슬리퍼를 벗으며 혀를 끌끌 찼다.

"잘나셨어들, 어떻게 힘 있는 남자들이 하나도 도움이 안 되니? 아, 막지 말고 비켜."

"으억!"

효진이 정진을 확 밀치고 안으로 들어섰다. 수희가 그 뒤를 따라 거실로 올라섰다. 무표정하던 그녀의 얼굴이 열린 서재의 문을 본 순간 살짝 굳었다.

"아, 수희야. 너 책 정말 많더라."

재건이 수희에게로 다가가며 말을 붙였다. 수희는 경직된 표정 그대로 고개를 돌려 재건을 바라보았다.

"으응……?"

"책 많다고. 부럽다. 나도 너처럼 이런 서재 하나 집 안에 만드는 게 소원이라. 조금 더 봐도 되지?"

그렇게 말하며 재건은 벌써 서재로 들어가고 있었다.

당황한 수희의 얼굴에서 핏기가 쫙 가셨다.

어제는 술을 마시며 즐기느라 새까맣게 잊고 있었다. 서재 문을 잠가야 한다는 사실을. 다른 누구보다도 특히 재건의 출입만은 막아야 한다는 사실을.

"자, 잠깐만. 재건아."

"응? 왜?"

재건이 아까 젖히다 만 내측의 이중 책장으로 손을 뻗으며 대답했다. 수희는 떨리는 속마음을 감추고 가까스로 태연하게 말했다.

"이제 곧 밥 먹어야 하잖아. 책은 나중에 봐."

"알았어. 한 10분만 금세 훑어보려고."

"아, 아니……!"

10분이 아니라 5분만 줘도 재건은 이 안의 모든 이중 책장을 젖혀 볼 것이다. 재건이 책을 얼마나 좋아하는 인간인지 모를 턱이 없었다. 급기야 수희는 책을 뽑으려는 재건의 손목을 덥석 붙잡았다.

"나, 나와서 밥하는 거 도와줘. 손이 많이 필요해."

"그래? 진작 말하지, 알았어."

재건은 흔쾌히 책을 도로 책장에 넣고 수희를 따라 서재에서 나왔다. 따라 나온 수희는 등 뒤로 서재의 문을 닫아 잠그고 안도의 한숨을 길게 내쉬었다. 1분만 늦게 돌아왔어도 큰일이 날 뻔했다. 심장이 부서질 것처럼 뛰었다.

"나 뭐 하면 돼?"

"으응? 아……."

수희가 말끝을 흐렸다. 실은 식사 준비에 재건의 도움을 받을 일이라곤 전혀 없었으니까.

"쌀 좀 씻어줄래? 세 공기만 씻어주면 돼."

"알았어."

재건은 능숙한 손길로 쾌속하게 쌀을 씻었다. 오래도록 자취를 했기에 별것도 아닌 일이었다.

금세 일을 마친 재건은 수건으로 젖은 손을 닦고는 다시 서재로 가 문고리를 잡았다. 그러나 잠긴 문고리는 돌아가지 않았다.

"어? 뭐야, 이거 왜 잠겼지?"

"어머……. 문이 잠겼나 보다. 어떡하지? 열쇠 어디다 둔지 잊어버렸는데."

수희가 짐짓 놀란 척 능청스럽게 말하고 있었다.

"사람 불러야 하는 거 아냐?"

"괜찮아. 열쇠 집 안 어딘가 있어. 나중에 너희들 가고 나면 차분하게 찾아보면 돼."

"그래? 아, 미안하네. 아무래도 내 잘못 같은데."

"아니야. 내가 잠갔을 거야. 내가 종종 그래."

문제가 말끔히 해결되자 수희는 상쾌한 손길로 앞치마를 둘렀다. 그리고 본격적으로 식사를 준비하기 시작했다. 효진도 채소를 썰고 고기를 다지면서 수희를 도왔다.

여자들이 식사를 준비하는 동안 재건과 정진은 멀거니 발코니의 의자에 앉아 기다렸다. 주방 쪽을 물끄러미 바라보며 정진이 중얼거렸다.

"밥하는 여자는 너무 예쁘다, 진짜."

"여자가 아니라 효진이겠지. 너 요즘도 노래방 가서 도우미 만나고 그러냐?"

"쉿, 조용히 말해. 다 들리잖아. 그날 한 번 그런 거야. 다신 안 해."

정진이 사색이 되어 귀엣말로 주의를 주었다.

재건은 쓴웃음을 지으며 고개를 가로저었다. 연이어 그의 뇌리에 자연스레 다슬이 떠올랐다. 어제도 밤새도록 일했을 테니 아직도 곤히 자고 있으리라.

'그러고 보니 아직도 답신이 안 왔네.'

어젯밤에 술을 마시던 도중 다슬에게 메시지를 보내뒀었

다. '질풍노도'가 출간되면 가장 먼저 사인해서 선물하겠다고. 하지만 아직 다슬의 답장은 오지 않은 상태였다.

'무슨 일이 있는 건 아니겠지.'

예전과 달리 조금은 걱정이 드는 재건이었다.

이제는 다슬도 마음 한구석을 차지하게 된 소중한 사람이었다. '질풍노도'를 쓰면서 적지 않은 영향을 받았다. 크든 작든 자신의 인생에 긍정적인 변화를 가한 여러 사람 중 하나로 그의 가슴에 족적을 새기고 있었다.

"야, 이거 뭐냐?"

핸드폰을 들여다보고 있던 옆의 정진이 놀라움 섞인 목소리로 중얼거렸다. 재건은 다슬에 대한 생각을 떨쳐 내고 고개를 들었다.

"뭔데 그래?"

"야, 이거…… 대박인데?!"

부쩍 높아진 목소리에 수희와 효진까지 돌아봤을 정도였다.

정진이 재건의 눈앞으로 핸드폰을 들이댔다. 국내 최대 포털 사이트 네이빈의 실시간 급상승 검색어 목록이었다.

1 현대청년문학상 하재건

2 멍청한 여자

3 풍천유 하재건

4 디지털문학상 하재건

5 풍천유 전작

6 90년대 소년

7 이계지존록 웹툰

8 페젤론의 마법사 다운로드

9 더 브레스 텍본

10 풍천유 소설 텍본

"야, 이거……?!"

경악을 금치 못하는 정진 옆에서 재건도 두 눈을 부릅떴다.

1위부터 10위까지 모조리 자신의 얘기였다. 무슨 일이 벌어진 건지 짐작조차 가질 않았다.

"야, 너 트위터 들어가 봐."

"어? 어."

재건이 얼떨떨한 얼굴로 자기 핸드폰을 꺼내 들었다. 트위터에 접속하자마자 그는 놀란 숨을 훅 하고 들이켰다.

─작가님 대박ㅋㅋㅋㅋㅋ 장르에 이어 문단까지 격파 억ㅋㅋㅋㅋㅋㅋㅋㅋㅋㅋㅋ 완전 사기 캐릭 개쩜

─욕하시는 분들 졸렬하게 헛소리들 작렬입니다. 독자들은 순

수하게 재미있으면 보는 겁니다. 순문학이니 장르 문학이니 유치하게 색안경 끼고 구분하지 말았으면 합니다.

—작가님 완전 소설 깡패;;;;;; 판타지에 무협에 순문학까지 지전;;;;;;;; ㅇㅈ? 어 ㅇㅈ

—하재건이 본명이신가요, 아님 풍천유가 본명이신가요.

—중3인데 부모님이 판타지 못 보게 해요. 근데 이번에 현대청년문학상 수상하신 하재건 작가님 거라고 하니깐 엄마가 더 브레스 전편 일괄결제 해주셨어요. 페젤론 시리즈도 책으로 사주신대요. 작가님. 감사합니다.

—해리 포드 1년 안에 압살하는 각?

—할리우드 진출은 언제쯤???

—노벨문학상은 언제 수상하실 예정이심??? ㅋㅋㅋㅋㅋ

일순 다른 사람의 트위터라고 착각할 뻔했다.

두 눈을 씻고 봐도 자신의 트위터였다. 5,000명이 조금 넘는 수준이었던 팔로워 수가 무려 5만 5천 명에 육박하고 있었다.

도대체 하룻밤 사이에 무슨 일이 벌어진 걸까. 현대청년문학상이 제아무리 권위 있는 문학상이라고 해도 이 정도의 파급력을 가졌을 리는 없는데.

드르륵!

핸드폰이 진동하면서 화면이 전화 수신으로 뒤바뀌었다. 현대청년문학상 담당자 조서경의 이름이 떠오르고 있었다. 풍천유라는 사실을 숨기고 있으라던 그녀의 부탁이 떠올랐고, 재건은 긴장한 상태로 전화를 받았다.

"여보세요."

—안녕하세요, 하재건 선생님. 조서경입니다.

"네, 안녕하세요."

대답을 하면서 재건은 묘한 기분에 사로잡혔다.

자신을 부르는 호칭이 '작가님'에서 '선생님'으로 바뀌어 있었다. 직접 만나서 들은 것도 아닌데 어쩐지 낯이 간지러웠다.

—몇 가지 말씀드릴 것이 있어서 전화 드렸습니다. 잠시 통화 가능하신지요?

"가능합니다. 말씀하세요."

주변의 기척을 돌아보며 재건이 대답했다.

정진은 궁금해하는 수희와 효진에게로 가서 핸드폰을 보여주고 있었다. 두 여자는 재건이 휩쓴 실시간 급상승 검색어를 보고 놀란 입을 다물지 못했다.

—질풍노도는 예정대로 4주 후에 출간될 예정입니다. 수상이 확정된 시점부터 작업에 들어갔으니 계획된 일정에 차질은 없을 겁니다.

"아아, 네. 감사합니다."

─그리고 출간 후 일정에 대해서 드릴 말씀이 있습니다. 계약 조항에 포함된 대로 우선 반디 앤 루니아 본점에서 사인회가 있습니다. 혹시 이 부분에 대해 어려운 점이라든가 문제가 있으신지요?

"아니요, 특별히 없습니다."

그렇게 대답하며 재건은 오른손을 탈탈 털고 있었다.

4주 동안 강도 높은 연습으로 어설픈 사인을 보다 나아지게 만들어야겠다는 생각이었다.

─그리고 라디오 방송이 있습니다.

"네? 라디오요?"

─네, 작가의 밤이요. 준비된 대본을 가지고 문답 형식으로 진행될 거예요. 방송 시간도 그다지 길지 않으니 부담되실 부분은 없을 겁니다.

"으음, 네. 알겠습니다. 그렇게 알고 있겠습니다."

─감사합니다. 혹시 궁금하신 점은 없으세요?

"궁금한 건 아니고요. 으음……."

재건이 말끝을 흐리며 주방 쪽을 힐끗 살폈다. 모두가 여전히 놀라움이 가시지 않은 표정으로 자신을 바라보고 있었다.

"혹시 인터넷 보셨어요?"

─인터넷이요?

"제가 풍천유라는 필명으로 장르 소설을 썼던 사실이 다 소문이 난 모양이에요."

상대의 낮은 웃음소리가 재건의 고막을 톡톡 두드렸다.

곧이어 대답이 이어졌다.

—네, 봤습니다. 걱정했던 것보다 대체적으로 긍정적인 반응이던데요. 개인적으로 요즘 독자분들의 보는 눈이 예전 같지 않다는 걸 느꼈고 좋은 일이라고 생각했습니다. 이런 부분들에 관해서는 개의치 않으셔도 될 것 같습니다.

"네……."

—더 물어보실 건 없으세요?

"그것뿐이었습니다. 정말 감사합니다."

—알겠습니다. 다시 연락드리겠습니다, 선생님.

"네, 수고하시고 좋은 하루 되세요."

재건이 전화를 끊자마자 정진과 효진이 튕기듯이 달려들었다. 그러고는 앞다투어 질문을 해댔다.

"뭐래? 어디서 온 전화냐?"

"현대청년문학상이지? 인터넷 이거 때문에 전화 온 거야?"

찌개가 끓는 냄비 앞의 수희도 근심스런 눈초리로 쳐다보고 있었다.

재건은 쓰게 웃으며 손사래를 쳤다.

"그런 거 아니야. 풍천유로 장르 소설 쓴 건 신경 쓰지 말래."

"그럼 무슨 얘길 더 한 거야? 언뜻 들으니 라디오 어쩌구 하는 거 같던데?"

"책 나가고 나서 사인회를 해야 된대. 그리고 라디오 방송도 출연해야 한다고 하더라고."

"라디오?!"

"어, 작가의 밤."

정진이 제 목을 붙잡으며 껌벅 죽는 시늉을 해 보였다. 효진도 제 허벅지를 손바닥으로 마구 두들기며 호들갑을 떨어 대고 있었다.

"그거 예전에 한혜선 교수님도 출연하셨던 거잖아. 와, 정말 잘됐다. 진짜 쩐다는 소리가 절로 나온다."

"그래, 재건아. 너 이러다 스타 되는 거 아니니?"

재건이 민망스럽다는 듯이 웃으며 고개를 내저었다.

"무슨 라디오 출연 한 번 한다고 스타가 돼? 작가의 밤 청취율도 낮잖아. 듣는 사람이 몇이나 되겠어."

"야, 청취율이니 듣는 사람이 몇이니 그런 게 중요하냐? 요점은 네가 라디오 방송에 나갈 정도로 너란 작가의 등급이 올라갔다는 거야. 무슨 말인지 몰라?"

국자를 들고 다가온 수희도 정진의 말에 힘을 보탰다.

"그래, 재건아. 정진이 말대로 몇 명이 듣든 그런 건 상관없어. 이건 이 자체로 대단한 일이잖아. 정말 축하해."

재건은 고개를 들고 수희를 올려다보았다.

기쁨을 금치 못한 그녀의 만면에 부드러운 미소가 가득했다. 머쓱한 웃음으로 화답하던 재건의 눈이 문득 그녀의 어깨 너머 주방으로 옮겨가고 있었다.

"억, 수희야. 찌개 넘친다."

"어머, 어떡해!"

수희가 부랴부랴 주방으로 뛰어갔다. 효진도 스프링처럼 튕기듯이 일어나 그녀를 따랐다.

재건과 정진은 서로의 얼굴을 쳐다보며 히죽 웃더니 각자의 주먹을 내밀어 맞부딪쳤다. 누가 먼저 시작했었는지 기억조차 가물가물한 두 사람만의 맞장구였다.

봄이 멀지 않았다는 신호였다.

BIG LIFE

북극에서부터 몰려온 한파는 유난히 매서웠다.

기록적인 추위가 세상을 온통 뒤덮었다.

그러한 가운데에서도 시간만은 얼어붙지 않고 끊임없이 흘러가고 있었다.

4주가 지나고 난 어느 겨울의 하루.

재건은 오늘 막 출간된 자신의 책 '질풍노도'를 사들고 자신의 모교를 찾아갔다. 예나 지금이나 아낌없이 자신을 지도해준 한혜선 교수를 만나기 위해서였다.

"책이 예쁘게 뽑혔구나."

조용한 연구실 내부에는 따스한 온기와 그윽한 커피 향기가 감돌았다. 혜선의 주름진 손가락 끝이 '질풍노도'의 표지를 어루만지고 있었다.

"나는 일러스트보다는 이런 깔끔한 표지가 좋다."

"교수님께서 그렇게 말씀해 주시니 저도 좋습니다."

재건이 두 손으로 머그컵을 꼭 쥐고서 대답했다.

혜선이 감회에 젖은 눈빛으로 손 안의 책을 펼쳤다. 첫 장을 보자마자 그녀는 두 눈을 살며시 치켜떴다. 온통 새하얗기만 한 백지의 정중앙에 단 한 줄의 문장이 새겨져 있었다.

다슬이라는 사람과 그녀의 삶에 이 책을 바칩니다.

"다슬이가 누구니?"

"아아, 네. 그건……."

재건은 정진의 이야기를 제외하고 다슬을 만나 노래방 도우미에 대해 취재했던 일들을 간략히 설명했다.

다 듣고 난 혜선은 안경이 슬쩍 내려앉을 정도로 크게 웃었다.

"역시 하재건이다. 응? 행동파 소설가야. 하재건다워. 좋은 자세지, 그럼. 작가는 많은 경험을 축적해야 해. 글은 거기서 나오게 돼 있어. 앞으로도 살아가면서 더 많은 것을 보고 듣고 느껴야 한다."

"네, 교수님. 명심하고 있습니다."

시침이 12시를 넘어가고 있었다. 슬슬 점심을 먹어야 할 시간이기에 재건은 넌지시 운을 뗐다.

"저기, 교수님. 이제 점심……."

똑똑!

재건이 말하는 도중에 등 뒤에서 노크 소리가 울렸다. 책을 들여다보고 있던 혜선이 고개를 들었다.

"들어와요."

곧이어 문이 열리고 3~4명의 남녀가 연구실 안으로 들어섰다. 재건과 시선이 마주친 그들은 하나같이 몸을 움찔 떨며 그 자리에 굳듯이 섰다. 혜선에게 인사를 해야 한다는 사실마저 잊어버리고 있을 정도였다.

"재, 재건아……?"

"너희들이구나. 오랜만이네, 반갑다."

재건이 웃으며 인사를 건넸다.

모두가 재건과 같은 학번의 동기였다. 조만간 다가올 구정을 구실로 삼아 혜선에게 줄 선물을 바리바리 싸들고 찾아온 참이었다.

"너희들 뭘 그렇게 놀라고들 서 있니? 왔으면 앉아야지."

혜선의 말에 동기들은 화들짝 정신을 차렸다. 그들은 뒤늦게나마 혜선에게 고개를 꾸벅 숙여 인사하고는 차례차례 가져온 선물을 공손히 내밀었다.

"교수님, 올해도 좋은 일만 있으세요."

"항상 제 글 잘 봐 주셔서 무척 감사드립니다."

"작은 성의입니다. 부족하지만 마음에 드셨으면 합니다."

정작 혜선은 그들의 선물에 눈길조차 제대로 주지 않았다.

특별한 이유도 없는 제자들의 선물엔 진저리가 났다. 사오지 말라고 귀에 못이 박히도록 말해도 하등 먹히지 않으니 수가 없었다. 이제는 잔소리도 포기해 버린 지 오래였다.

"그래, 고맙다. 거기 책상 위에 둬."

희미한 한숨이 섞인 목소리로 혜선이 말했다.

체한 것처럼 가슴이 꽉 막혔다. 자신의 호감을 얻어내기 위한 방법으로 이런 것밖에 떠올리지 못하는 제자들이 답답했다.

"아아……."

한 동기의 시선이 혜선이 손에 쥔 책으로 꽂혔다.

모두가 알고 있었다. 이번 현대청년문학상의 수상작이 어떤 것인지. 재건을 보자마자 모두가 당황했던 이유도 바로 여기에 있었다.

"그래, 너희들 재건이 소식은 들었지?"

"네, 네…… 교수님. 그럼요."

"오늘 출간되었다니 꼭 한 권씩 읽어보렴. 정말 잘 썼다. 너희들의 글쓰기에도 많은 도움이 될 거다."

혜선의 말에 동기들이 썩어가는 웃음을 억지로 입가에 지어 보였다. 양 광대는 약속이나 한 것처럼 부들부들 떨리고 있었다. 선망과 질시가 뒤엉킨 눈빛은 거듭 앉아 있는 재건을 힐끗거리고 있었다.

'하하하……'

동기들의 시선을 의식하면서도 재건은 내색하지 않고 속으로만 웃었다.

옛날부터 이런 식이었다. 문학이라는 이름 앞에 자유로운 영혼을 갖고 깨어 있었던 사람은 수희와 정진을 비롯해 몇 되지 않았다.

"너희들, 재건이한테 축하한다는 말 한마디 없니?"

혜선이 짐짓 나무라는 어조로 말했다. 그제야 동기들은 쭈뼛거리며 재건에게 한마디씩 영혼 없는 축하의 말을 건넸다.

"정말 축하한다, 재건아."

"꼭 읽어볼게."

"집에 가면서 살게."

말하는 그들이 듣기에도 괴이하게 여겨질 만큼 뒤틀리고 메마른 목소리였다.

마음에도 없는 축하를 전하는 그들은 지금 이게 정말 자기가 내고 있는 목소리가 맞는지 의심스럽기까지 할 지경이었다.

"그래, 고마워."

재건도 마찬가지로 영혼 없는 어조로 답하고 일어섰다.

그의 시선이 혜선과 마주쳤다. 마음으로 의사를 교환하자마자 혜선은 쓰게 웃으며 고개를 끄덕였다.

"지금 가려고?"

"네, 교수님. 교수님도 바쁘실 텐데 이만 일어나 보겠습니다."

불길처럼 증오를 피우는 동기들 사이에서 시간을 허비하고 싶지 않았다. 그런 재건의 마음을 혜선도 바로 헤아리고 고개를 끄덕였던 것이다.

"교수님, 식사하셔야죠. 어떤 거 드시고 싶으세요?"

"드시고 싶으신 거 말씀하세요. 차 가져왔습니다."

재건이 떠날 기색을 보이자 동기들은 기다렸다는 듯이 혜선에게 몰려들었다.

재건은 돌아서서 문으로 향하고 있었다.

"앗, 재건아. 잠깐 스톱."

혜선이 손뼉을 치며 재건을 불러 세웠다. 이제 막 문고리를 잡고 돌리려던 재건은 어정쩡한 자세로 돌아보았다.

"네, 교수님."

"하마터면 내가 깜박할 뻔했다. 다름이 아니라, 너 강연 하나 해라."

"강연…… 이요?"

"그래, 이번 신입생 오리엔테이션에 와서 강연 좀 해."

재건이 두 눈을 동그랗게 떴다. 경악한 건 동기들도 매한가지였다. 오히려 당사자인 재건보다 훨씬 반응이 격했다. 까무러치기 일보 직전의 창백한 얼굴이 된 한 동기는 서 있기조차 힘든 듯이 책상 모서리를 손으로 짚고 있었다.

"내가 강연료 톡톡히 챙겨 줄게."

혜선이 농담을 던지며 한쪽 눈을 찡긋해 보였다.

하지만 재건은 떨리는 숨을 한 토막씩 끊어 뱉어낼 뿐 아무런 대답도 할 수가 없었다.

'내가…… 신입생 오리엔테이션에서 강연을 해?'

명경예대 오리엔테이션은 일개 대학의 신입생 환영회라고 얕잡아 볼 수준의 행사가 아니다. 매년 각종 문예지와 출판사에서 기자들이 찾아와 취재를 하고 기사를 내보낼 만큼 인지도가 높다. 이곳에서 강연을 했다는 사실만으로도 해당 작가에게는 커리어가 될 정도다.

게다가 아직까지 졸업생 중에서는 단 한 명도 강연을 한 적이 없었다. 혜선의 요청을 수락하면 재건은 최초로 강연하는 졸업생이 되는 것이다.

"싫으니?"

"아니요, 교수님……. 잠시 제가 그런 주제가 될까 고민했습니다. 부족하지만 열심히 해보겠습니다."

어느새 마음을 다잡고 난 재건이 대답했다. 동기들의 두 눈은 흡사 지진이라도 난 것처럼 뒤흔들리고 있었다.

"좋은 기회 주셔서 감사합니다."

"그래, 조만간 다시 얘기하자. 어서 가 봐."

재건은 다시 한 번 혜선에게 허리를 굽혀 인사하고 돌아섰다. 불타오르는 동기들의 시선을 등허리에 한가득 받으며 그는 나직이 웃고 있었다.

생애 첫 강연이 한혜선 교수님으로부터 들어오다니.

뿌듯하고 기쁜 마음만큼 발걸음도 가벼웠다. 시야에 비춰지는 온 세상이 눈부시도록 환했다.

'후우, 아직 시간은 넉넉하네.'

차로 돌아온 재건은 운전석에 올라 시동을 걸었다. 이제부터 다슬을 만나러 갈 차례였다.

'질풍노도'를 쓰면서 그 누구보다도 많은 도움을 준 사람이다. 오늘만은 반드시 만나야 했다.

시간을 조금 당겨도 괜찮을 듯했다. 어차피 오늘은 다슬을 만나는 일 외에는 더 이상 일정이 없었다. 재건은 즉시 핸드폰을 꺼내 전화를 걸었다.

─응, 작가 오빠야.

다슬의 활기찬 목소리에 저절로 입가에 웃음이 났다. 재건은 핸드폰을 어깨와 귀 사이에 끼고 안전벨트를 끌어내리며 대답했다.

"일이 생각보다 빨리 끝나서요. 우리 조금 일찍 만날까요?"

─마음대로 해요. 나 지금 서점이야.

"서점이요? 서점은 왜?"

─반응 쫌 그렇다. 누가 들으면 내가 평생 책 한 번 안 읽는 무지렁인 줄 알겠네.

"아니, 그런 뜻이 아니라⋯⋯."

─또 진지해지네. 그냥 한 소리예요. 나 사실 못 참겠어서 오빠 책 사러 왔지롱. 헤헤헤.

"어? 사지 마요. 내가 지금 가지고 가고 있으니까."

조수석에 놓인 '질풍노도'를 보며 재건이 말했다. 아침에 나오면서 서점에서 직접 산 것이다. 다슬을 위한 사인도 정성껏 새겨져 있는 책이었다.

─그럼 빨리 와요. 나 역 4번 출구 휴게실에 있을게.

"알았어요. 길어도 30분이면 가요."

전화를 끊은 재건은 즉시 핸들을 잡고 액셀을 밟았다.

도로로 나서니 정체가 심했다. 어딘가에서 사고라도 났는지 거의 주차장과 다르지 않은 수준이었다. 재건은 초조해져서 핸들을 두 손으로 연신 때리고 있었다.

"아, 늦겠네. 진짜로 어디 사고라도 난 건가?"

다슬과 약속한 30분 내로는 도저히 갈 수가 없을 듯했다.

바로 그때, 조수석에 놓아둔 핸드폰이 진동을 일으켰다.

누나 재인으로부터 걸려온 전화였다.

재건은 싱긋 웃었다. 출판사에서 수원 본가로 보낸 '질풍노도' 증정본을 읽고 바로 전화를 건 것이 틀림없다는 생각이었다.

"어때? 재미있었어?"

전화를 받자마자 재건이 대뜸 물었다.

그러나 바로 다음 순간, 그의 얼굴이 웃는 그대로 굳어들었다. 전파의 틈을 비집고 들어오는 재인의 목소리가 흐느끼고 있었던 것이다.

"누나, 왜 그래? 무슨 일 있어?"

─재건아…… 어떡해……!

이어지는 말을 들은 재건의 얼굴에서 핏기가 가셨다. 신호가 녹색으로 바뀌면서 차들이 나아가기 시작했다. 재건은 다급히 유턴하기 위해 1차선으로 핸들을 꺾고 있었다.

22장
풍천유가 이겼다

‘후후훗, 그래도 살 거지롱.’

다슬은 아이처럼 천진난만하게 웃으며 핸드폰을 코트 주머니에 넣었다. 새로 산 구두를 신은 두 발이 신간 코너 쪽으로 그녀를 이끌었다.

‘앗, 찾았다.’

다슬은 금세 수많은 신간 사이에서 ‘질풍노도’를 찾아냈다. 책에는 ‘제31회 현대청년문학상 최연소 수상작’이라는 띠지도 둘러져 있었다.

‘사진 잘 나왔네. 실물이 더 귀엽지만.’

책날개에 새겨진 재건의 프로필 사진을 보며 다슬은 또 쿡쿡 웃었다. 얼굴만 봐도 자꾸만 웃음이 나오는 걸 멈출 수가 없었다. 뒤이어 그녀의 손가락이 첫 장을 넘기고 있었다.

다슬이라는 사람과 그녀의 삶에 이 책을 바칩니다.

'……?!'

텅 빈 백지의 한가운데 새겨진 단 한 줄의 문장.

다슬은 어안이 벙벙해진 얼굴로 문장을 뚫어져라 들여다보았다.

치켜져 올라간 양 눈썹에서는 떨림이 멎지 않았다. 아무리 봐도 자신의 이름이었다.

서점 안은 사람들로 붐비고 있었다.

책을 들고 멀거니 선 다슬의 등 뒤로도 수많은 사람이 스쳐 가고 있었다. 이 많은 사람 중에서 오직 다슬의 시간만 정지된 상태였다.

'하아…….'

한껏 들이마신 숨으로 가슴이 부풀어 올랐다. 머리에서 미열이 느껴지는 동시에 온몸이 풍선처럼 두둥실 떠오르는 감각마저 일었다.

이윽고 두 눈이 젖어들었다. 앙다문 입술의 양 끝은 아주 천천히 올라가고 있었다.

"저기, 죄송한데 잠시만……."

다슬이 서 있는 코너 쪽의 책을 찾으려는 손님이 넌지시 말을 붙였다. 그제야 정신을 차린 다슬은 황망히 고개를 꾸벅이고는 옆으로 몸을 피해주었다.

'아씨, 분해. 만나기만 해봐라.'

다슬이 젖은 두 눈가를 손가락으로 찍어 누르고는 계산대로 향했다.

감히 자신을 울린 책 한 권도 손에 꼭 쥐고 있었다. 끝내 사지 말라는 재건의 말을 무시하고 그녀는 '질풍노도'를 구입해서 서점을 나섰다.

'길어야 30분 걸린댔지?'

재건과 만나기로 한 역 출구 근처에 아담한 카페가 자리하고 있었다. 다슬은 책을 읽으면서 기다릴 생각으로 카페에 들어가 커피를 주문했다. 그리고 창가와 면한 2인용 테이블에 의자를 빼고 앉았다.

'와, 이거 시작부터 완전 내 얘기네?'

다슬은 첫 문장부터 이야기에 흠뻑 빠져들었다. 자신을 모델로 삼아 만들어진 여주인공이라는 사실을 알고 있기에 몰입감이 기가 막히게 좋았다.

책을 읽으면서 다슬의 표정은 다양하게 변했다. 놀라움으로 경직되기도 하고, 즐거워서 웃기도 하고, 찡해져 오는 코끝을 찡긋거리기도 하면서 페이지는 쉼 없이 넘어가고 있었다.

어느새 그녀는 여주인공 혜영이 되어 있었다.

'나도 이렇게 살아갈 수 있을까…….'

절정에 이르는 대목에서 다슬은 문득 생각했다. 묘한 기시감이 들어 기억을 되짚어 보니 재건에게 목걸이를 선물 받았던 날에도 이런 생각을 했었던 사실이 떠올랐다.

소설의 혜영은 억척스럽게 세상의 모진 풍파를 견뎌내고 있었다. 아직 결말까지 읽지는 못했지만, 어쨌든 스스로 힘으로 굳건히 버텨내고 있었다.

다슬은 씁쓸하게 웃었다. 혜영처럼 멋지게 꿈을 좇아 살아갈 자신이 없었다. 거기까지 생각하자 당장은 더 책의 내용이 눈에 들어오지 않았다. 연이어 재건과의 인연도 못내 부담스럽게 느껴지기 시작했다.

'나하고는 안 어울리는 사람이야.'

사실은 진작부터 어렴풋이 느끼고는 있었다.

자신과는 전혀 다른 세계의 사람이라고.

그러한 생각이 들 때마다 의식적으로 피해왔을 뿐이다.

무엇을 기대하고 재건을 만나러 나왔을까.

성격이 좋아서?

말을 잘 들어주는 사람이라서?

잘나가는 작가라서?

스스로 물어도 딱히 나오는 대답은 없었다. 갈피를 잡을 수 없는 마음만큼 흘러나오는 한숨도 심하게 흐트러졌다.

드르륵!

테이블 위에 놓아둔 핸드폰이 요동쳤다. 재건으로부터 걸려온 전화였다. 다슬은 헛기침으로 잠긴 목을 깨우고는 전화를 받았다.

"응, 작가 오빠야."

ㅡ다슬 씨. 미안한데 저 지금 못 가겠어요. 저 아버지가 교통사고를 당하신 거 같아요.

"네에? 교통사고요?!"

놀란 다슬의 목소리가 부쩍 높아졌다. 카페 곳곳에 자리한 손님들의 시선이 일시에 그녀에게로 쏠렸다.

"어, 어쩌다가 그러신 거래요? 얼마나 심하게 다치셨대요?"

ㅡ일단 골절이라는데 자세한 건 저도 병원에 가 봐야 알겠어요. 누나 전화를 받은 건데 누나도 이제 가는 중이래요. 어머니 핸드폰도 연결이 안 되고요. 늦게 전화해서 미안해요. 제가 경황이 없어서⋯⋯!

비로소 다슬은 30분이 한참 전에 지났음을 깨달았다. 하지만 그런 건 중요하지 않았다. 마치 재건이 눈앞에 있기라도 한 것처럼 고개를 세차게 흔들며 그녀가 말을 이었다.

"나 신경 쓰지 마요, 오빠. 지금 운전하는 중이죠? 마음 급하다고 막 밟지 말고 조심해서 가요. 알았죠?"

-알았어요. 이따가 보고 다시 전화할게요.

"응응. 진짜 운전 조심해요. 아버지는 괜찮으실 테니까 너무 걱정하지 말고."

-고마워요. 그럼 나중에 다시 얘기해요.

전화가 끊어졌다.

다슬은 두 손을 하나로 모아 깍지를 끼고는 눈을 감았다. 종교는 없지만 진심을 오롯이 담은 그녀만의 기도였다.

BIG LIFE

"그만들 짜. 사람이 죽기라도 했어!"

석재가 못마땅한 표정으로 나무랐다.

이제 막 깁스를 끝마치고 5인 병실 내측의 침대에 자리를 잡고 드러누운 참이었다.

명자와 재인, 그리고 재건이 침대 옆에 나란히 서 있었다. 두 모녀는 한참을 울어서 퉁퉁 부은 눈으로 아직도 훌쩍거리는 중이었다.

"거 참, 그만들 하라니까. 재건아, 너 엄마랑 누나 데리고 집으로 가라. 어서."

재건은 대답 대신 물끄러미 석재의 몸을 내려다보았다. 왼쪽 손목과 오른쪽 발뒤꿈치가 골절됐고 전신 곳곳에 크고 작은 찰과상을 입었다.

석재가 경비원으로 일하는 아파트 단지 내에서 벌어진 교통사고였다. 후진하던 입주민이 재활용품을 수거하는 석재를 미처 보지 못하고 그대로 들이박았던 것이다.

재건은 자책감으로 가슴이 찢어질 것 같았다.

진작 일을 그만두시라고 강하게 밀어붙였으면 좋았을 것을. 그랬다면 오늘의 이런 사고도 벌어지지 않았을 텐데. 석재의 사고가 온건히 자신의 책임처럼 느껴졌다.

"이제 그만두세요."

아내와 딸에게 잔소리를 하던 석재가 재건에게로 시선을 돌렸다. 재건은 고개를 푹 숙인 채로 말을 잇고 있었다.

"앞으로 일 나가지 마세요. 부탁드릴게요."

석재가 입을 다물고 두 눈을 내리감았다. 재건은 우두커니 서서 대답을 기다렸다. 하지만 아무리 시간이 지나도 석재의 입도, 눈도 열릴 기미가 없었다.

끝내 재건은 짧은 한숨을 토해내며 돌아섰다.

"어디 가?"

"아버지 옷 챙기러."

"나랑 같이 가. 나도 이것저것 챙겨와야겠어. 엄마, 나 재건이랑 집에 갔다 올게."

재건과 재인이 병실을 나섰다. 작아져 가는 발소리가 완전히 들리지 않게 될 즈음, 명자는 침대 옆 의자에 몸을 앉히며 말했다.

"안 자는 거 알아."

"……."

"아들한테 대꾸 좀 해줘. 얼마나 속상하고 마음 아프겠어? 왜 그렇게 항상 무뚝뚝해?"

"이제 잘 거니까 말시키지 말어."

"재건이가 그만두라고 했을 때 일 그만뒀으면 얼마나 좋아? 재건이 잘하고 있잖아. 벌써 상을 몇 개나 받았고 쓰는 글도 얼마나 잘 팔려? 당신 아들 이제 인터넷에 검색해도 나와. 자랑스럽지 않아? 그렇게 작가 아들이 마음에 안 들어?"

거듭된 물음을 끝으로 명자가 자리에서 일어섰다. 애초에 좀처럼 속내를 드러내지 않는 남편이기에 대답을 기대한 것도 아니었다.

바로 그때였다.

"그런 게 아냐."

명자가 간호사를 만나러 가려던 발길을 멈추고 돌아보았다. 석재는 여전히 두 눈을 감고서 느릿하고도 긴 심호흡을 하고 있었다. 곧이어 떨리는 그의 목소리가 부르튼 입술 틈으로 새어 나왔다.

"재건이 놈 글 쓰느라 힘들어하는 꼴 보기가 싫어서그래. 소설 하나 쓰겠다고 사흘 내내 잠도 안 자고, 밥도 안 먹고. 미친 사람처럼 혼자 생각에 골몰해서 울고 웃고. 아무리 윽박질러도 말을 안 들어. 몸이라도 챙기면서 쓰라고 수십, 수백 번 잔소리를 했어. 근데도 소용이 없어."

"여보……."

명자가 창백해진 얼굴로 의자에 돌아와 몸을 앉혔다.

석재는 침을 한 번 삼키고는 메마른 목소리로 말을 이어 나갔다.

"기어코 내 반대를 무릅쓰고 문창과에 들어갔지. 못된 녀석 같으니. 그해 여름이었던가. 무슨 잘난 소설을 쓰는지 얼굴이 노랗게 떠서는 방학 내내 제 방에서 나오지도 않았었지."

명자가 말없이 고개를 끄덕였다. 그녀도 또렷하게 기억하고 있는 풍경이었다.

"어느 날인가, 도저히 마음이 쓰여서 잠이 오질 않았어. 그래서 화장실 가는 척 일어나 재건이 방을 기웃거렸지. 그때 내가 뭘 봤는지 알아? 양 콧구멍에서 코피가 콸콸 쏟아지고 있는데 그런 줄도 모르고 자판을 두들겨 대고 있더군."

"……?!"

"애비로서 그 순간 정신이 번쩍 들었지. 이딴 미친 짓이 작가의 일이라면 난 절대 시키지 말아야겠다고. 좋은 작품들을 써내 수많은 사람을 기쁘게 만든다고 해도 제 몸 하나 건사하지 못하면 다 무슨 소용이야."

석재의 얼굴이 괴로움으로 일그러졌다. 주름진 그의 손 위로 명자가 자신의 손을 포개고 있었다.

"그날 재건이에게 손찌검을 했어. 속이 뒤집어져서 때리지 않고는 견딜 수가 없었어. 재건이 놈을 생각하면 매일매일 마음이 아파. 저놈은 평생 저렇게 써대겠지. 어제도 그랬을 거야. 오늘도 내가 사고를 당하지 않았다면 그러고 있었겠지."

명자가 젖은 얼굴을 석재의 가슴에 묻었다.

석재는 다치지 않은 손을 들어 아내의 머리칼을 부드럽게 쓰다듬어 주었다. 윤기를 잃고 푸석해진 감촉이 세월을 가득 담고 있었다.

BIG LIFE

일요일의 반디 앤 루니아 본점은 수많은 손님으로 북적거리고 있었다.

입구에서 멀리 떨어지지 않은 복도 끝에 오늘만 존재하는 특별한 자리가 마련되어 있었다. 현대청년문학상을 수상한 하재건 작가의 출간 기념 사인회였다.

'후우, 긴장되네.'

재건은 화장실 세면대 앞에서 최종적으로 상태를 점검하고 있었다. 옷차림은 깔끔한 베이지색 스웨터와 청바지였다. 독자들에게 조금이라도 편안한 인상으로 비쳐지고 싶었기에 이러한 복장을 택했다.

'설마 한 명도 안 오는 건 아니겠지.'

그렇게 생각을 하는 순간 정진이 화장실로 들이닥쳤다.

"야, 이제 시작이야. 언제까지 그러고 있을래?"

"한 명도 안 온 건 아니구나."

"갑자기 뭔 소리냐, 그게?"

"아니야, 나가자."

재건은 정진과 함께 화장실을 빠져나왔다.

정진이 함께 있어줘서 든든했다. 휴일을 기꺼이 자신에게 할애해 준 친구의 마음이 몹시도 고마웠다.

"문제없으시죠, 선생님?"

사인회석에 대기하고 있던 40대의 여자가 웃으며 재건에게 물었다. 현대청년문학상 담당자 서경이었다. 통화만 여러 번 했지 직접 보는 건 오늘이 처음이었다.

"네, 괜찮습니다."

"앉으세요. 이제 곧 방송도 나갈 겁니다."

"재건아, 난 저쪽에 가 있을게."

"아, 그래……."

재건은 단 하나뿐인 사인회석의 의자에 몸을 앉혔다. 눈앞을 지나가는 사람들이 하나같이 시선을 던지고 있었다. 재건은 겸연쩍어서 고개조차 들고 있기가 힘들 지경이었다.

"저기…… 풍천유 작가님이시죠?"

괜히 뭔가를 찾는 척 바닥을 기웃거리던 재건이 황급히 고개를 들었다. 대학생으로 보이는 한 청년이 수줍은 표정으로 쭈뼛거리며 서 있었다.

"아아, 네. 맞습니다."

"죄송한데요. 여기에도 사인해 주실 수 있을까 해서요."

그렇게 말하며 청년이 내민 것은 '페젤론의 마법사' 1권이었다. 재건은 반갑게 웃으며 고개를 끄덕였다.

"당연히 됩니다. 이리 주세요."

"아, 정말 감사합니다. 질풍노도만 해주실 거라고 생각해서 전혀 기대 안 하고 있었어요."

"아니에요, 이것도 제가 쓴 소설인데요. 성함이 어떻게 되세요?"

"아, 네. 저 박주식이요."

재건은 성의껏 책 앞장에 대고 사인을 해주었다.

그동안 연습한 결과가 제대로 나왔다.

안내 방송을 하기도 전에 처음으로 찾아와 준 고마운 독자다. 비록 '질풍노도'는 아니었지만 그런 건 재건에게 조금도 상관없었다.

"여기요."

"고맙습니다. 작가님, 앞으로도 챙겨 볼게요. 고생하세요."

"네, 안녕히 가세요."

BIG LIFE

사인을 받고 돌아선 청년은 신이 나서 싱글벙글 웃고 있었다. 그는 핸드폰을 꺼내 들더니 책을 펼쳐 재건의 사인을 사진으로 찍었다. 그리고 곧바로 자신의 트위터에 접속해 사진과 함께 글을 올렸다.

─ㅋㅋㅋㅋㅋ 지금 반디 앤 루니아 본점에서 풍천유 작가님 사인 받았음요. 하재건의 질풍노도 사인횐데 페젤론의 마법사 갖고 가서 받음ㅋㅋㅋㅋㅋㅋㅋㅋㅋㅋ 어어엌ㅋㅋㅋㅋ

글을 올리고 얼마 지나지도 않아 일일이 답을 해줄 수도 없을 만큼 수많은 댓글이 줄줄이 달렸다. 동시에 무수한 이용자의 리트윗을 받아 각종 SNS로 거침없이 퍼져 나가기 시작했다.

그러한 사실을 전혀 모르는 재건은 독자들이 더 오지 않아 망신을 당하지 않을까 하는 걱정만 하는 중이었다.

"이제 나오려나 봅니다."

재건의 뒤에 두 손을 모으고 서 있던 서경이 말했다. 스피커에서 흘러나오던 잔잔한 음악이 더 이상 들려오지 않고 있었다.

재건은 바짝 긴장해서 허리를 곧추세우며 고개를 끄덕였다.

그리고 잠시 후.

서경이 말했던 대로 안내 음성이 서점 전역의 스피커를 타고 흘러나오기 시작했다.

—알려드립니다. 지금부터 약 5분 후, 정문 내측 오른편 신간 코너에서 '질풍노도'로 제31회 현대청년문학상을 수상하신 하재건 작가님의 출간기념 사인회가 시작될 예정입니다. 다시 한 번 안내 말씀 드립니다. 지금부터 약 5분 후…….

"응? 이거 뭐야? 사인회?"

마침 재건의 앞쪽을 지나가던 손님 몇몇이 걷다 말고 서서 안내 음성에 귀를 기울이고 있었다. 그들은 이내 자신들이 사인회 장소에 서 있음을 깨닫고 재건 쪽으로 시선을 향했다.

"누군지 알아? 질풍노도?"

"아니, 잘 모르겠는데."

"야, 빨리 그냥 가자. 나 배고파."

"알았어, 뭐 먹을까?"

손님들은 금세 재건에게 흥미를 잃고 무심히 지나쳐 갔다.

당사자인 재건은 그다지 개의치 않았지만 오히려 서경이 쓴웃음을 지으며 위로하듯 말을 건넸다.

"마음에 두지 마세요, 선생님."

"아아, 네. 저는 아무렇지도 않습니다."

오히려 질문을 받으니 기분이 더 이상해지는 느낌이었다.

재건은 가만히 앉아서 두 눈을 무릎 위로 내리깔았다. 눈앞을 보고 있다가 머쓱하게 사람들과 시선이 마주치는 것보다는 이렇게 있는 쪽이 편했다.

시간이 흐르고 있었다.

한 10분쯤 지났으리라 생각하고 재건이 슬쩍 손목시계를 보았다.

그리고 타는 목으로 침을 삼켰다.

고작 3분밖에 지나지 않은 시점이었다.

'이런 고역이 발생할 줄은 몰랐는데……'

독자가 몇 명이 오건 그런 건 상관없었다. 설령 조금 전의

단 한 명으로 사인이 끝났다고 해도 중요하지 않았다. 사인회가 열리기 전부터 충분히 마음을 다잡았던 부분이다.

진짜 문제는 시간이 턱없이 느리게 흐른다는 데 있었다.

만약 더 이상 사인을 받으러 오는 독자도 없이 이런 상황이 몇 시간 동안 계속된다면?

기이하게 쳐다보는 사람들의 시선을 느끼며 줄곧 멀거니 앉아만 있어야 한단 말인가?

상상만으로도 끔찍스러워서 등골에 오한이 일었다.

"사인해 주세요."

재건의 귓불이 실룩였다. 즉시 고개를 든 그의 만면 가득히 격한 미소가 번졌다.

"어쩐 일이야? 오늘 주말 근무 있었다면서?"

"너 놀래주려고 뺑 쳤지."

더없이 싱그러운 미소와 함께 흘러나오는 수희의 대답이었다. 발그레한 두 뺨과 두툼한 코트를 입은 그녀의 모습에서 바깥의 한파를 실감할 수 있었다.

"빨리 안 해줘?"

"아, 그래."

재건은 받아 든 책의 앞장을 펼쳐 정성을 다해 사인을 했다. 수희의 것이니 더욱 신경이 쓰였다. 결과적으로는 너무 신경을 쓰는 바람에 획이 엉성해졌다.

"연습 많이 했는데 미안……."

수희가 받아 든 책의 사인을 확인하고 쿡쿡 웃었다.

"아니야, 귀여운데 뭐. 근데 어떠니? 많이 긴장돼 보인다."

"아무래도 나도 사람이니까. 아, 저기 정진이도 와 있는데 봤어?"

"어머, 정진이 있었구나? 인사해야지."

수희가 정진 쪽으로 걸음을 옮겨갔다. 롱부츠의 하이힐이 또각또각 소리를 내며 바닥을 울렸다.

재건은 어깨를 펴고 시선을 앞으로 향했다. 예상치 못한 그녀의 방문은 적잖은 용기가 되어주고 있었다.

"안녕하세요. 저희 사인해 주세요."

얼마 후 두 여자가 다가와 또 '질풍노도'를 내밀었다.

이제 갓 스무 살이 되었을까. 젖살이 채 빠지지 않은 새하얀 얼굴들에는 풋풋한 미소가 가득했다.

재건이 책을 받아 들어 펼치며 물었다.

"고맙습니다. 성함이 어떻게 되세요?"

"서지수요."

"저는 정예인이요. 아, 작가님. 저희 작가님 후배예요."

"네?"

"명경예대 문창과 신입생이에요."

두 여자가 입을 가리고 서로 쳐다보며 웃었다. 재건도 사인을 하다 말고 놀랍다는 듯이 웃으며 고개를 들었다.

"반갑네요, 정말. 이번 오리엔테이션에서 또 뵙겠는데요."

"어, 정말요? 작가님, 아니, 선배님도 오시는 거예요? 혹시 강연하시러?"

재건은 멋쩍은 웃음으로 대답을 대신하고 잠시 멈췄던 사인을 끝냈다. 책을 되돌려 주면서 그는 짤막하게만 덧붙였다.

"그때 또 봐요."

"네…… 선배님! 아, 죄송한데 저희랑 사진 한 번만 찍어 주실 수 있으세요?"

재건이 대답을 망설이며 담당자인 서경을 슬쩍 돌아보았다. 서경은 편안한 미소를 빼물고 살며시 고개를 끄덕이며 수락했다.

그 즉시 두 여자는 재건의 양옆으로 와 무릎을 굽히고는 핸드폰으로 사진을 찍었다.

"정말 고맙습니다, 선배님. 글 너무 잘 쓰세요. 요즘 우리 선배라고 제가 다 자랑하고 다녀요."

"그만해, 바쁘신데. 저희 그럼 갈게요. 선배님, 고생하세요."

"네, 정말 고마워요. 조심히 가세요."

두 후배는 몇 번이나 재건에게 허리를 굽혀 인사하고는 돌아섰다.

재건은 멀어져 가는 그들을 감회에 젖은 눈으로 바라보았다. 가슴이 뜨겁게 벅차올랐다. 당당히 설 수 있는 선배가 됐다는 뿌듯함이었다.

"작가님, 안녕하세요. 사인 좀 부탁드릴게요."

"아아, 네. 고맙습니다."

두 후배가 돌아간 뒤에도 이따금 몇몇 독자가 '질풍노도'를 들고 사인을 받으러 찾아왔다. 시간으로 따지자면 평균 3~4분에 한 사람 꼴이어서 결코 많다고 여길 수는 없는 수치였다.

'홍보가 부족했나……?'

현대청년문학상 담당자 서경은 내내 근심을 떨쳐 내지 못하는 중이었다.

벌써 사인회가 시작되고 30분이 지났다. 그사이에 '질풍노도'로 사인을 받으러 온 독자는 고작 11명이었다.

사인회석 근처에 머물러 있는 정진과 수희도 비슷한 걱정을 하고 있었다. 그들이 보기에도 사인을 받으러 오는 사람이 너무 없었다.

바로 그때였다.

'으응……?'

수희의 기다란 속눈썹이 살며시 떨렸다.

이제 막 나타나서 재건에게 책을 내밀고 있는 한 여자가 낯익었다. 곧이어 수희는 여자가 재건의 예전 판타지 소설 담당 편집자였음을 기억해 냈다. 재건의 원룸에서 한 번 본 일이 있었다.

"소미 씨를 이렇게 뵙게 되니 무척 반갑네요."

재건은 무척이나 반가워하며 소미로부터 책을 건네받고 있었다. 수희에 이어 소미까지 와줄 줄은 꿈에도 몰랐다.

"당연히 받으러 와야죠. 저도 하 작가님 독잔데요."

소미는 귀엽게 웃으며 고개를 좌우로 흔들었다. 하나로 올려 묶은 머리끝이 반 박자 뒤늦게 흔들리고 있었다.

"사인회는 잘되시고 있는 거예요?"

"그럼요. 너무 많이들 와주셔서 벌써 손목이 지끈거려요. 몇 번이나 했는지 세다가 10만 번부터 잊어버렸어요."

재건의 너스레에 소미가 품 하고 웃음을 터뜨렸다.

그녀의 좌우로 몇몇의 청년이 다가와서는 어정쩡하게 섰다.

"저기…… 풍천유 작가님, 이거 사인 되나요."

"저도요."

청년들이 내민 것은 '현대지존록'과 '페젤론의 마검사'였다.

재건은 기꺼이 거기에 대고 사인을 해주었다. 청년들은 좋아서 웃음을 감추지 못하며 인사하고 돌아갔다.

"소미 씨, 점심은 먹었어요?"

재건이 그렇게 묻는 사이에 또 3명의 독자가 나타났다. 이번에도 저마다 지존록 시리즈를 내밀고 있었다.

"여기에 사인해 주실 수 있나요?"

"물론입니다. 주세요. 성함이 어떻게 되세요?"

사인을 하면서 재건은 소미에게 잠깐만 기다려 달라는 눈짓을 보냈다.

그런데, 사인을 끝낸 책을 돌려주기도 전에 또 새로운 독자들이 밀려들어 왔다.

"아, 감사합니다. 이리 주세요. 성함이 어떻게 되세요?"

"김정택입니다."

기다리고 선 독자의 뒤로 또 몇 명의 독자가 멈춰 섰다. 그리고 다시 그들의 뒤로 다른 몇 명의 독자가 걸음을 멈추고 섰다.

사인을 끝내고 재건이 고개를 들었을 땐 10명이 넘는 독자들이 줄을 서고 있는 상황이었다.

'어? 뭐지.'

재건은 갑작스레 불어난 독자들 앞에서 의아해하면서도 새삼스레 정신을 차리고 정성껏 사인을 하기 시작했다.

'질풍노도'는 하나도 없었다. 모두가 예전에 쓴 장르 소설이었다.

"작가님, 사인해 주세요. 페젤론 시리즈 더 안 쓰세요?"

"지존록 웹툰 언제 나와요? 아, 저는 10권까지 다 사인해 주세요."

"작가님, 저 같이 사진 좀 찍어주시면 안 될까요?"

독자들은 사인을 받으면서도 여러 질문과 부탁을 해왔다.

덕분에 재건의 입과 손은 도저히 쉴 틈이 없었다. 관자놀이를 타고 흘러내리는 땀방울을 스스로 느낄 수 있을 정도였다.

"어머, 정진아. 이거 무슨 일이니?"

수희가 정진의 어깨를 가볍게 때리며 놀란 얼굴로 물었다.

잠깐 화장실에 다녀온 참이었다.

텅 비었던 재건의 사인회석 앞으로 30명이 넘는 독자가 줄을 만들고 서 있는 것이 아닌가.

"몰라, 누가 트위터에 올렸나 본데."

정진이 검색하던 핸드폰 화면을 들이밀며 말했다.

"트위터랑 페북이랑 풍천유 작가가 사인회한다고 퍼지고 있어. 나도 좀 의아해서 검색해 봤다. 지금 전부 지존록 아니면 페젤론 사인받으러 온 거야."

"그렇구나. 이런 거 보면 장르 소설 독자층이 더 굳건한가 봐?"

"잘 모르겠다. 근데 이거, 하재건 사인회가 풍천유 사인회가 되어가네."

정진이 재미있다는 듯이 킬킬거렸다. 그를 따라 수희도 입가에 미소를 지었다. 지금 제대로 웃을 수 없는 사람은 담당자인 서경뿐이었다.

'이거 곤란하네.'

재건의 사인회가 관심을 받기 시작한 것까진 좋았다. 다만 '질풍노도'를 쓴 하재건으로서가 아니라는 점이 문제였다.

잠깐 사이에 줄은 또 불어났다. 이제는 50명이 넘어가서 끝자락이 잘 보이지도 않을 정도였다.

'안 되겠다. 라인을 구분해야겠어.'

생각 끝에 서경이 움직였다. 소수지만 '질풍노도'로 사인을 받으러 오는 독자들도 있다. 그들에게 우선적으로 사인해 주는 것이 합당한 처사다.

"선생님, 라인을 나눠야겠습니다."

서경이 일목요연하게 이유를 설명했다.

재건은 사인하는 손을 늦추지 않으며 고개를 끄덕였다. 서경은 필요한 장비를 구하기 위해 서점 담당자를 만나러 분주히 사라졌다.

'후우…… 목말라!'

재건이 이마에 맺힌 땀을 훔쳤다. 잠시 숨을 돌릴 틈조차 없었다. 길게 선 독자의 줄은 도무지 짧아질 기미가 없었다.

"하 작가님, 이거 좀 드시면서 하세요."

소미가 재건의 갈증을 눈치채고는 차가운 커피를 사 들고 왔다. 재건이 웃으며 손을 뻗었다. 그런데 손에 쥐어진 것은 커피가 아닌 옥수수차 음료였다.

"커피 마시면 당분 때문에 갈증이 더 심할 거야. 이걸 마셔."

재건의 손에 음료를 쥐어주며 수희가 하는 말이었다. 어디까지나 미소를 띠고는 있었다. 경계심이 살짝 드러난 시선은 옆의 소미를 힐끗 살피더니 본래대로 되돌아왔다.

"그, 그러네요. 제가 생각이 짧았어요, 작가님."

소미가 부끄러운 듯이 커피를 내려놓고는 수희에게 인사했다.

"안녕하세요. 저 예전에 뵜었던 정소미입니다."

"네, 안녕하세요."

수희가 조금은 싸늘한 어조로 인사를 받았다.

그걸로 끝이었다. 두 여자 사이에는 더 이상 아무런 대화도 오가지 않았다. 재건은 재건대로 사인이 너무 바빠 그녀들에게 신경을 쓸 여력이 없었다.

바로 그때, 정진이 심각해진 표정으로 헐레벌떡 뛰어왔다.

"야, 재건아. 너 담당자 어디 간 거냐? 지금 줄 정문 밖까지 이어졌어."

"뭐? 진짜?"

"지금 찬바람 들어오는 게 줄 때문에 문을 열어놔서 그래. 안쪽으로 우회가 안 돼. 200명 가까이 되는 거 같아. 풍천유 사인회한다고 트위터랑 페북에 완전 퍼졌어."

정진이 말하는 사이에 수희는 코트를 벗고 있었다. 감색 리본형 벨트로 늘씬한 굴곡을 강조한 원피스가 절로 시선이 갈 만큼 아름다웠다.

"줄 정리되는 거 나도 도울게."

"아, 수희야. 괜찮겠어? 너 신발도 굽 있어서 불편하잖아."

"이럴 때 도와야지. 나중에 이자까지 톡톡히 받아낼 테니 까 각오해."

벗은 코트를 내려놓으며 수희가 싱긋 웃었다. 곁에서 생각에 잠겨 있던 소미도 의연한 표정으로 재킷을 벗고 있었다.

"그럼 저도 도와드릴게요. 저는 정문 밖으로 이어진 줄 안 쪽으로 우회하도록 해볼게요."

"아, 미안해요. 소미 씨. 이 은혜 반드시 갚을게요."

"아니에요. 저 이런 거 재미있어요."

수희와 소미가 각자의 방향으로 사라졌다.

정진은 뭘 해야 할지 몰라 우물쭈물 서 있는 사이에 담당자 서경이 필요한 장비와 서점 직원 한 사람을 대동하고 돌아왔다.

"하 선생님 동기분이시죠? 정말 죄송하지만 설치 좀 도와주실 수 있을까요?"

"아아, 네. 그럼요. 주세요."

수희와 소미에 이어 정진까지 일을 떠맡게 되었다.

줄은 구불구불 길게 이어졌다.

덩달아 장르 소설 코너를 맡은 서점 직원들도 바빠졌다.

"영아 씨, 현대지존록 재고 더 없어?"

"지금 창고에 이 대리님 가셨어요. 아, 근데 페젤론 시리즈가 더 빨리 떨어질 것 같아요."

"뭐? 100부 있지 않았어? 이런, 창고에 있는 거 일단 다 가져와야겠는데. 아니, 그 전에 전화부터 때리고."

풍천유 작가의 책들이 빠른 속도로 판매되고 있었다. 서가를 가득 채우고 있던 책이 계속해서 손님들의 선택을 받아 뽑혀져 나왔다. 작업용 면장갑을 낀 직원들은 책이 빠지는 족족 다시 책을 가져와 꽂아대기에 여념이 없었다.

사인회가 시작되고 1시간이 조금 넘게 지났을 때, 한 독자가 촬영한 사진이 인터넷에 올라왔다. 서점 내 통로로 길게 이어진 사람들의 모습이 담긴 사진이었다. 작가 풍천유의 사인회에 몰려든 독자들의 모습이었다.

−어억ㅋㅋㅋㅋ 풍천유 사인회ㅋㅋㅋㅋㅋㅋㅋ아무 잘못 없는 하재건 작가님 의문의 1패ㅋㅋㅋㅋㅋㅋㅋㅋㅋㅋㅋㅋ

−저는 질풍노도 사인 받으러 왔는데 줄이 너무 길어서 겨우 받았어요. ㅠㅠ 라인이 구분돼 있었는데 중간부터 흐트러져서…….

−사인회가 마음에 안 드네요. 이렇게 사람들이 몰릴 것을 예상하지 못했던 건가. 작가님 잘못은 아니겠지만 좀;;;;

−반디 앤 루니아 풍천유 소설 완전 소진됨. 책이 없대ㅋㅋㅋㅋ ㅋㅋㅋㅋ서점에 없어서 못 팜ㅋㅋㅋㅋㅋㅋㅋㅋㅋㅋㅋㅋ

−ㅎㅎㅎㅎ지금 말씀하시는 분들 다 반앤루 본점이신가요? 저도 줄 서는 중인데.

오가는 말이 많아지면서 관심의 초점 또한 확대되고 있었다. 가장 큰 네티즌들의 관심은 하재건 작가의 사인회를 돕고 있는 두 여자에 관한 것이었다.

−저도 줄 서 있어요ㅋㅋㅋㅋㅋ 마침 근처였는데 트윗 보고 바로 사인 받으러 옴. 근데 줄 정리하는 여자분 누군지 되게 이쁘심;;;;;

−아, 당고머리 한 여자분이요? 저도 봤어요. 되게 귀엽고 이쁘시더라구여.

—당고녀 아니고 원피스녀인 듯???

—무슨 말씀들 하시는 건지;;;;; 당고녀인데. 그리고 원피스가 아니라 스키니 청바지랑 운동화 신었던데여.

—아닌데여. 감색 리본 원피스녀인데여. 커피색 스타킹 각선미 개쩜. ㅎㄷㄷㄷㄷㄷ

—두 여자분 서로 다른 사람이에여. 전 다 봤어요. 작가님이랑 아는 분들인가 봐요.

—억, 저 원피스녀랑 방금 대화했음. 와, 소름 돋게 이쁨;;;; 일순 연예인인 줄. 심장 벌렁벌렁~ 풍천유 작가님 여친인가????

—뭐야, 이거ㅋㅋㅋㅋㅋㅋㅋㅋㅋㅋㅋ 갑자기 왜 사인회 얘기는 안 하고. 저도 지금 보러 갑니다.

—저도 달려갑니다. 얼마나 이쁘길래 난리인지 확인 ㄱㄱㄱ

—전 당고녀가 더 귀엽던데. 완전 강아지상 제 취향^^

사인회 업무를 돕느라 넋이 반쯤 나가 있던 수희와 소미는 알지 못했다. 자신들이 각각 '원피스녀'와 '당고녀'로 졸지에 SNS를 달구는 키워드가 되어버렸다는 사실을.

생애 첫 사인회는 성황리에 종료되었다.

하재건으로서가 아니라 풍천유로서 빛을 발한 사인회였지만 어쨌든 재건은 기뻤다. 어떤 책에 사인을 받으러 왔건 모두가 자신의 소중한 독자였다.

"하 선생님, 정말 고생 많으셨어요."

기쁜 마음은 담당자 서경도 똑같았다.

사인회를 하는 동안 현장에서만 1,500부가 팔려 나갔다. 그중 300부가량이 '질풍노도'였고.

서경으로서는 충분히 만족할 만한 결과였다. 풍천유 작가 쪽과 하재건 작가 쪽 독자들이 겹치면서 이끌어낸 상승효과였다.

"도와주신 분들께도 정말 감사드립니다. 제가 실례가 많았습니다."

서경은 조력자들에게도 감사의 말을 잊지 않았다.

수희와 소미, 그리고 정진이 없었다면 오늘의 사인회는 엉망진창이 되었으리라. 장르 소설가로서의 재건이 지닌 저력을 계산에 넣지 않은 까닭이었다.

"그럼 하 선생님, 라디오 방송 때 뵙겠습니다. 대본 나오면 바로 연락드릴게요."

"네, 고생 많으셨어요."

서경을 보내고 난 재건은 일행이 기다리고 있던 서점 내 카페로 향했다. 정진은 소미와 각자의 회사에 관한 대화를 나누고 있었고 수희는 조용히 구비된 잡지책을 읽는 중이었다.

"다들 저녁 먹으러 가자. 소미 씨도요."

재건이 코트를 몸에 걸치며 말했다. 모두에게 큰 도움을 받았다. 저녁 한 끼도 대접하지 않고 이대로 돌려보낼 수는 없었다.

"죄송해요, 하 작가님. 저는 이만 가 봐야 해요."

소미가 슬그머니 일어서며 미안한 어조로 말했다.

"오늘 가족들이 집에 놀러 와서요. 인사드리고 돌아가려고 기다리고 있었어요."

"아, 정말요? 가족들이 오신 거라면 어쩔 순 없지만, 그래도 웬만하면 저녁이라도 금방……."

말끝을 흐리는 재건의 두 눈에 안타까움이 진하게 서려 있었다. 소미는 가방을 어깨에 짊어지며 말을 이었다.

"가족들이랑 저녁을 먹기로 했거든요. 다음에 또 기회가 되면 그때 얻어먹을게요."

"알겠습니다. 그럼 다음에 사드려야겠네요. 아, 맞다. 강민호 작가님이랑 양현경 작가님이 표지 너무 맘에 든다고 좋아하세요."

소미가 부끄러운 듯이 고개를 수그리고 웃었다. 래프북스에서 서비스하는 두 작품 '마왕재림'과 '슬래터'의 표지는 다름 아닌 그녀의 작업물이었다.

보수는 합쳐서 50만 원.

박봉으로 유명한 출판계의 막내 직원으로서는 숨통이 확

트일 만큼 큰돈이었다. 모든 것이 자신의 그림을 알아봐 준 재건의 덕분이라고 소미는 감사해하고 있었다.

"권 대표님도 계속 말씀하시던데요. 소미 씨랑 같이 스타 북스에 있었을 땐 이렇게 그림이 좋은 줄 몰랐다고."

"없는 말씀이라도 감사해요."

"또 일감 생기면 제가 연락드릴게요. 권 대표님 입장에서 는 아무래도 스타북스에 계신 소미 씨한테 먼저 표지 외주를 언급하시기가 애매한 부분도 있을 거 같고요."

"죄송해요. 그리고 감사하고요."

대답을 마친 소미가 힐끗 정진과 수희의 얼굴을 살폈다. 자기 때문에 시간이 지체되었다고 생각한 그녀는 즉시 허리 를 굽히며 작별을 고했다.

"그럼 저녁 맛있게 드세요. 전 먼저 가 볼게요."

"네, 소미 씨. 조심히 들어가세요."

소미는 돌아서서 걸음을 내디디며 저녁으로 무엇을 먹을 지 생각하고 있었다.

가족들이 올라왔다는 말은 거짓말이었다. 어딘지 모르게 차가운 수희와 함께 밥을 먹는 일이 부담스러워서 그런 거짓 말을 해버렸다.

"우리도 가자. 뭐 먹을까?"

소미를 보내고 나서 재건은 정진과 수희에게 의향을 물었다.

"섞어찌개 어때?"

"좋지. 학교 다닐 때 자주 먹었잖아."

"나도 괜찮아."

세 사람은 간단히 결정을 내리고 식당을 찾아 서점을 나섰다. 걸음을 옮기는 내내 재건은 정진이 술을 권하면 어떻게 거절해야 할지 고심하고 있었다. 술 냄새를 풍기며 아버지 병문안을 갈 수는 없는 노릇이기에.

23장
여전히 배가 고프다

"어때? 좋지?"

"네, 민호 형. 이거 정말 굿 아이디언데요? 따뜻해요."

현경이 장갑을 낀 제 양손을 내려다보며 대답했다.

값싼 작업용 면장갑이었다. 마디마다 끝부분을 잘라서 열 손가락 끝이 살짝 튀어나와 있었다.

"이런 건 어디서 배우셨어요?"

질문하는 현경의 입에서 하얀 입김이 나오고 있었다. 마찬 가지로 입김을 내뿜으며 민호가 대답했다.

"주유소에서 일할 때. 한겨울에 손이 시리잖아."

"주유소에서도 장갑 끝을 이렇게 잘랐어요? 글 쓸 때야 타 자 치려고 이런다지만 주유소에선 왜요?"

"카드 결제하는 손님들 영수증 떼어줘야지. 그게 딱 붙어 있어서 비벼서 떼어야 되는데, 장갑 낀 손 그대론 떼기가 엄청 힘들어."

"아하, 이런 것도 의외로 생활의 발견이네."

현경은 다시 키보드를 두들기며 글을 쓰기 시작했다. 유료로 연재하고 있는 소설이었다. 성적이 크게 나아지진 않았으나 예전만큼 울적하지만은 않았다.

'혼자였다면 나도 벌써 포기했을 거야.'

재건과 민호가 없었다면 여기까지 달려오지도 못했으리라.

현경은 그 점을 새삼 상기하며 두 눈에 불을 지피고 작업에 몰두했다.

바로 그때였다. 비밀번호를 누르는 소리가 나더니 현관문이 열렸다. 리카를 품에 안고서 들어오는 재건을 보고 민호와 현경이 반가운 미소로 맞이했다.

"하 작가님, 연락도 없이 어쩐 일이세요?"

"밤에 일이 있는데 시간이 많이 남아서 들렀어요. 작가님들 에너지 받으면서 같이 글이나 쓰려고요."

말하는 재건의 시선이 화장실로 향하고 있었다. 샤워기에서 물이 쏟아지는 소리가 새어 나오고 있었던 것이다. 민호와 현경 이외에 또 다른 누군가가 있다는 얘기였다.

재건의 생각을 읽은 민호가 일러주었다.

"새로 작가 한 명이 더 들어왔어요. 지금 씻고 있어요."

"아하, 네. 아 참, 이거 드세요."

재건이 손에 들고 있던 비닐봉지를 내밀었다.

"초밥입니다. 넉넉하게 4인분 샀으니까 많이 드세요."

"아이고, 하 작가님. 매번 죄송하게 이러지 마세요."

"저는 먹었어요. 아, 지금 씻으시는 작가분 나오시면 같이 드시면 되겠네요."

재건은 바닥에 리카를 내려놓고 내측 벽면과 붙은 자신의 자리에 앉았다.

오늘은 '작가의 밤' 라디오 방송이 있는 날이다. 가기 전까지 이곳에서 글을 쓰면서 시간을 보낼 생각이었다.

"강민호 작가님, 죄송하지만 새벽까지 리카 좀 봐주실 수 있을까요? 제가 어딜 좀 다녀와야 해서요."

"아무런 문제없습니다. 오히려 제가 부탁드리고 싶은데요. 리카랑 같이 있으면 이상하게 글이 참 잘 나오거든요."

"저도 그래요. 감시자의 눈빛이랄까요? 하하하."

재건은 웃으며 자신의 노트북 전원을 켰다. 시린 두 손을 모아 비비면서 어떤 글을 써야 할지 그는 생각에 잠겼다. '더 브레스' 원고도 완결까지 완전히 넘겼으니 이제는 자유롭게 신작을 구상할 수 있는 상태였다.

'쓰고 싶은 글을 쓰고 싶은데, 흐음……,'

재건은 장르를 생각하지 않고 쓰고 싶은 글이 무엇인지 고심하고 있었다.

일주일 전부터 내내 하고 있는 고민이다.

다른 사람들과 이런저런 대화를 나누다 보면 소재가 떠오르지 않을까 하는 기대감 때문에 오늘 이곳에 방문한 것도 있었다.

다슬을 만나서 그랬던 것처럼.

'다슬 씨는 왜 이렇게 또 바쁘다는 거지.'

아버지의 사고로 약속이 어긋난 이후, 다슬은 갖은 이유를 들먹이며 만나기 어렵다는 의사를 보내오고만 있었다. 그래서 재건은 아직까지 다슬을 만나지 못하는 중이었다.

"아우, 개운하다."

욕실 문이 벌컥 열리면서 희뿌연 김과 함께 여자의 목소리가 흘러나왔다.

"응?"

재건은 놀라서 고개를 들었다. 웬 젊은 여자가 젖은 머리를 수건으로 털며 나오고 있었다.

"어? 소, 손님 오셨어?"

"내가 여러 번 말했었지? 하재건 작가님이셔. 작가님, 이쪽은 장은영이라고 저보다 한 살 어린 로맨스 작가예요."

"아아, 네. 안녕하세요. 하재건입니다."

"장은영입니다. 처음 뵙겠습니다. 초면부터 이런 모습이라 실례해요. 더 브레스 참 재미있게 읽고 있어요. 정말 잘 쓰셨더라고요. 대단하세요."

"과찬이십니다."

두 사람은 손을 내밀어 악수를 나눴다.

재건은 내색하진 않았으나 속으론 놀라고 있었다. 일단 여성 작가가 입주했을 줄은 몰랐다. 게다가 민호의 소개에 따르면 34살일 텐데 이제 고작 20대 중후반으로 보일 만큼 동안인 것이다. 전체적으로 건강미가 넘치는 미인이었다.

"어머, 이거 뭐예요? 초밥?"

"아, 네. 조금 사왔습니다. 다들 드세요."

"후훗, 제가 사양할 거라고 생각하셨다면 크나큰 오예~입니다. 잘 먹을게요. 작가님도 앉으세요. 오빠, 현경아. 빨리 와."

은영의 까다롭지 않고 소탈한 성격을 바로 알아볼 수 있는 대목이었다.

재건은 자신의 자리로 돌아가 노트북 앞에 앉으며 대답했다.

"저는 먹고 왔어요. 먼저들 드세요."

작가들이 초밥을 먹기 시작했고 재건은 다시 구상에 골몰

했다.

좀처럼 떠오르는 것이 없었다.

끝내 작가들이 식사를 마칠 때까지 화면의 워드 프로그램은 텅 빈 상태를 유지해야만 했다.

"어머, 이거 진짜 웃기는 일이네."

문득 은영이 어이없다는 듯이 중얼거렸다. 그녀의 모니터 화면에는 일본의 웹 사이트 한 페이지가 떠올라 있었다.

"뭔데? 무슨 뉴스야?"

"뉴스는 아니고, 소재 찾다가 우연히 발견한 글이야. 한 여고생이 자살했는데 임신 4개월이었대. 이 글을 쓴 사람은 자살한 여고생의 친구고. 근데 가족들이 부검을 원하지 않아서 그냥 화장됐대. 뭔가 안타까워서."

"저런……! 근데 법이 그렇게 되나?"

"잘 모르겠어. 나야 법은 잘 모르니까."

재건도 안타까운 기분으로 그들의 대화를 듣고 있었다.

꽃다운 나이에 임신한 몸으로 삶을 포기하다니. 부모의 가슴은 얼마나 찢어질까.

바로 그 순간.

'으음……?!'

비전과도 같은 강력한 기운이 재건의 뇌리에 몰아쳤다.

질풍노도의 소재를 처음으로 떠올렸을 때와 무서우리만치

흡사한 감각이었다.

재건은 정신 나간 사람처럼 두 눈을 허공으로 치켜뜬 채 떠오른 소재를 파고들었다. 떨리는 열 손가락은 키보드 위로 느릿하게 나아가고 있었다.

타다닥! 탁!

타다다닥!

울리지 않던 재건의 노트북이 깨어나고 있었다. 깃털처럼 가벼워진 재건의 열 손가락이 키보드 위를 마구잡이로 날아다니기 시작했다.

'이거야……! 그래, 차기작은 이걸로 간다!'

화면을 노려보는 재건의 두 눈이 광채로 번득였다. 연달아 떠오르는 소재들을 단 하나도 놓치지 않을 기세였다.

'대학에 막 입학한 신입생들이 MT에 간다. 다들 거나하게 취한 깊은 밤. 한 여학생의 비명과 함께 성폭행이 의심되는 사건이 발생하고……! 범인으로 여겨지는 학생은 있지만 증거는 없이 시간이 흘러가고…… 비명을 질렀던 여학생은 애초에 관심을 구걸하는 허언증이 있었으며…… 그러던 중 하계방학을 앞두고 갑자기 여학생이 자살하는 중대 사고가 발생!'

타다닥! 탁!

타다다닥!

키보드 자판이 부서져서 튀어오를 정도였다. 어찌나 글줄이 빠르게 뽑혀 나오는지 타자를 두드리는 손가락의 힘을 제어할 수가 없을 지경이었다.

그 모습에 민호가 입술에 손을 들이대고서 현경과 은영에게 주의를 주었다.

"하 작가님 글 쓰신다. 우리도 그만 떠들고 작업하자."

"알았어. 나도 집중해야지."

다른 작가들도 입을 다물고 각자의 글을 쓰기 시작했다.

창가에 머물러 있던 리카가 책상 위로 뛰어올랐다. 그러더니 노트북 바로 옆에 웅크리고 앉아 재건 쪽으로 턱을 괴었다.

그제야 재건은 잠깐 화면에서 눈을 떼고 리카를 쳐다보며 속으로 물었다.

'너도 아는 거지, 리카? 지금 내가 뮤즈를 만났다는 걸. 역시 바깥으로 나오길 잘했어.'

드르륵!

주머니에서 핸드폰이 울렸다.

이제 막 새로운 글을 구상하고 희열에 벅차 있던 재건은 성가신 표정으로 핸드폰을 꺼내 들었다. 태원으로부터 걸려온 전화였다. 받지 않을 수가 없었다.

"네, 대표님."

―안녕하세요, 하 작가님. 별고 없으시죠?

"아무 일 없습니다. 대표님도 잘 지내셨죠?"

대답하면서도 재건은 화면으로 시선을 고정시킨 채 타자를 두드리고 있었다.

태원의 웃음소리가 고막을 간질였다.

―지금도 뭔가 열심히 쓰시네요. 신작인가요?

"아니요, 아직 그런 단계까지는 아닙니다. 그냥 습작할 겸 구상하는 중이에요."

―건강 챙기시면서 천천히 쓰세요. 더 브레스도 벌써 완결까지 다 내셨고. 너무 달리신다. 아, 그건 그렇고 하 작가님. 드릴 말씀이 있어서 전화했어요.

"네네, 말씀하세요."

소설을 구상하던 중인지라 재건의 말이 평소보다 빨랐다.

태원은 재건의 마음이 다급한 상태임을 느끼고 마찬가지로 빠르게 말을 이었다.

―혹시 작가 사무실 필요하지 않으세요?

"사무실이요?"

사무실이란 말에 민호의 귀가 쫑긋 섰다. 현경도 흥미가 동한 표정으로 슬쩍 재건을 돌아보는 중이었다.

―네, 집에서만 쓰시기 답답하시면 가끔 나와서도 쓰시고 그러시면 좋지 않을까 해서요. 하 작가님 덕분에 래프북스도

이제 사무실 만들어요. 뭐라도 하나 해드리고 싶어서요.

"아아, 네……."

재건이 타자를 두드리던 손을 내려놓고 핸드폰을 제대로 들었다. 그의 두 눈 가득히 허름하기 짝이 없는 사무실 풍경이 들어왔다. 자기도 모르게 나오는 한숨에 새하얀 입김이 섞여 있었다.

─어떠세요, 하 작가님?

태원이 재차 물었다. 재건은 의자를 빙글 돌려 뒤를 돌아보았다. 몰래 쳐다보던 민호와 현경이 황급히 자신의 모니터로 고개를 되돌리며 글을 쓰는 척 타자를 두들겨 댔다.

재건은 소리 없이 웃으며 핸드폰에 대고 대답했다.

"권 대표님, 그거 저 혼자만 써야 하나요?"

─네? 혼자만이요? 무슨 말씀이신지?

"다름이 아니라…… 잠시만요."

재건이 자리에서 일어섰다. 사무실을 나선 그는 차가운 바람이 휘몰아치는 빌라 앞까지 나가서 말을 이었다.

"민호 작가님이랑 현경 작가님이요."

─아아, 네.

"이분들 지금도 사무실 있잖아요. 근데 빌라 지하고 환경이 좀 열악해요. 공간도 좁고 환기도 잘 안 되고 난방이랑 온수도 곧잘 말썽이고요."

재건은 추위에 곱은 손을 바꿔 핸드폰을 잡았다.

"저에게 마련해 주시려는 사무실이 어느 정도 규모인지 잘 모르겠지만요. 위치는 다소 외졌어도 상관없어요."

─아니요, 하 작가님. 비용이 문제라기보다는 으음, 그분들이랑 자주 같이 글 쓰세요? 집필에 도움이 되세요?

"매일은 아니지만 종종 글이 막힐 때 와서 씁니다. 작가들이랑 대화하다 보면 새로운 발상도 떠오르고요. 제대로 집중해야 할 땐 혼자서 쓰는 게 좋기도 하지만, 때때로 같이 쓰는 데에서 오는 강점이 확실히 있어요."

재건의 말은 모조리 진심이었다. 민호를 비롯한 작가들의 환경을 개선하는 한편 자신에게도 득이 되는 일이다.

오늘만 해도 은영 덕분에 새로운 소설을 구상하지 않았는가.

나아가 앞날이 창창한 성실한 작가들과 두루두루 사귀어 두면 나쁠 까닭이 없다는 생각도 여전했다.

"그리고 서로 간에 통조림이 된다고 해야 할까요. 그런 장점도 있네요."

재건이 덧붙인 농담에 태원은 쿡쿡 웃고는 말했다.

─사실 하 작가님 마련해 드리려고 생각한 사무실이 부천 쪽 오피스텔이에요.

"아아, 부천이요. 가까운 편이네요."

지하철을 타면 30분이 채 걸리지 않는다. 직접 차를 끌고 가면 더 빨리 도착할 수도 있을 것이다. 다른 작가들은 어차피 그곳에서 숙식을 할 테니 거리낄 것이 없다.

—그런데 하 작가님 혼자가 아니라 여럿이서 사용하기엔 면적이 좀 작아요. 물론 비용을 조금 더 투자하면 보다 넓은 오피스텔을 구할 수도 있겠죠. 다만……

태원이 말끝을 흐리고 잠시 뜸을 들였다.

—하 작가님이시니까 솔직히 속내를 밝혀볼게요. 하 작가님은 제게 작품을 주시든 안 주시든 아무 상관이 없어요. 계속 쓰시고 싶은 글만 쓰시면서 사무실 사용하셔도 되고요. 그러다 언젠가 또 좋은 판타지나 무협 구상하시면, 그때 또 저한테 작품 맡겨주시면 감사드릴 일인 거고요. 이건 저라는 사람 개인적으로도, 래프북스란 회사의 대표로서도 같은 마음입니다.

재건은 묵묵히 태원의 말을 듣고 있었다.

작가와 편집자로서 오랜 기간을 함께했고 크고 작은 여러 일들을 겪어왔다. 굳이 이 시점에서 감사하다는 대답을 내뱉는 건 서로에게 어색하기만 할 뿐이리라.

—하지만 다른 작가님들은 경우가 다르세요. 차기작도 어떻게 될지 모르고요. 이해해 주실 수 있으시죠?

"그럼요, 알아들었습니다."

재건은 즉각 태원의 심중을 파악하고 되물었다.

"차기작을 래프북스와 계약하는 조건으로 입주시키는 건 어떻습니까?"

ㅡ차기작을요?

"당장 전속으로 하라고 하기엔 검증이 덜 됐으니 대표님 입장에서나 작가님들 입장에서나 부담되는 일일 거고요. 래 프북스 통해서 작품을 서비스하는 동안만이라도 일단 입주 하는 쪽으로 처리해 주실 수 있을까요?"

ㅡ그렇게만 된다면 제 입장에서는 무척 좋은 일이죠.

"알겠습니다. 그럼 한번 의향을 물어볼게요."

ㅡ하 작가님한테 죄송하네요. 괜히 수고스러우시게.

"그냥 말 한 번 하면 되는 건데요, 뭘. 그럼 제가 나중에 연락드릴게요. 아, 참. 소미 씨가 또 일러 작업하고 싶은 것 같아요. 일감 있으시면 연락 좀 해보시죠."

ㅡ알겠어요, 한번 퇴근 시간 맞춰서 전화해 볼게요.

"네네, 고생하세요."

ㅡ하 작가님도 수고하세요. 항상 고마워요.

전화를 끊고 난 재건은 지하의 허름한 사무실로 돌아왔다.

문을 여는 순간 부산스럽던 분위기가 단숨에 조용해지는 것이 느껴졌다.

재건은 속으로만 웃으며 작가들에게 다가가 말을 꺼냈다.

"여러분. 혹시 차기작도 래프북스와 계약하실 마음 있으세요?"

"차기작…… 이요?"

"차기작을 계약하는 조건으로 래프북스에서 사무실을 마련해 줄 수 있다고 하네요. 넓고 쾌적한 오피스텔로요."

굳이 밝히지 않아도 될 내용은 일부러 언급하지 않았다.

민호와 현경이 어안이 벙벙해져 서로의 얼굴을 쳐다보았다. 구석에서 글을 쓰고 있던 은영도 타자를 치다 말고 돌아보는 중이었다.

"래프북스의 방식이 마음에 안 드시면 어쩔 수 없지만요. 여하튼 한번 생각들 해보시고……."

"그렇게 하겠습니다!"

말이 끝나기도 전에 민호가 소리치듯 대답했다. 진작부터 차기작도 래프북스와 계약하고픈 마음이었다. 대표의 인성이라든가 마케팅에 이르기까지 실망스러운 부분이 전혀 없었다.

"저도요. 무조건 끝까지 따라가겠습니다."

현경도 손을 들며 말을 이었다.

잠시 말이 끊긴 틈을 빌려 은영이 넌지시 질문을 던졌다.

"혹시 래프북스 말인데요……. 로맨스나 19금 성애소설 원고도 받아주시나요?"

"래프북스는 전부 서비스합니다. 작가님들은 열심히만 써 주세요."

재건이 시원시원한 웃음으로 답하고는 자신의 자리로 돌아가 앉았다.

은영은 양 뺨에 손바닥을 찰싹 붙인 채 환히 웃었다. 오피스텔 사무실이라니. 당장에라도 환호성이 터져 나올 것만 같아 입을 꾹 다물어야만 했다.

"그러면 모두 이해하신 걸로 알고 저는 다시 글 좀 쓰겠습니다."

재건이 리카를 다리 위에 올려놓고 잠시 멈췄던 소설 구상을 재개했다.

순식간에 작업에 빠져드는 그를 보고 작가들도 의연하게 글을 쓰기 시작했다.

조용한 사무실 안을 울리는 건 오로지 타자 소리뿐이었다.

BIG LIFE

"고생 많았어요, 도준 씨."

"PD님이랑 작가님이 고생하시죠. 먼저 들어가 볼게요."

박도준이 웃는 얼굴로 인사하고 돌아섰다. 스튜디오 문을 나서는 그의 얼굴은 이미 잔뜩 일그러져 있었다.

'아, 피곤해 죽겠네.'

어느덧 시간은 밤 11시를 훌쩍 넘어가고 있었다.

계속되는 강행군으로 도준은 새벽부터 지금까지 거의 눈을 붙이지 못했다.

'오늘도 집에 들어가긴 글렀네.'

출연하고 있는 드라마 일정 때문에 새벽 3시까지 강원도 세트장으로 날아가야 할 차례였다.

올해로 데뷔 8년 차.

도준은 잡지모델로 데뷔한 이래 수많은 드라마에서 작은 배역을 맡으며 인지도와 연기 경력을 쌓았다.

첫 주연을 맡은 작품은 27살이었던 작년 초에 출연했던 한 드라마였다. 그 드라마는 큰 성공을 거두었고, 덕분에 진정한 배우로 입지를 굳건히 다져 가는 중이었다.

도준은 화장실로 들어가 세면대 앞에 섰다. 두 눈으로 자신의 모습을 점검하는 한편 손에 쥔 핸드폰으로는 매니저에게 전화를 걸고 있었다.

"형, 어디야? 타이어 교체하러 갔다고? 대체 왜 그렇게 펑크가 자주 나는 건데? 끝내고 전화해. 쉬고 있을게. 어, 끊어."

도준은 핸드폰을 세면대 옆 선반에 놓고 찬물로 세수를 했다. 졸음이 완전히 가시진 않았으나 그럭저럭 효과는 있었다. 1회용 타월을 뽑아 얼굴을 닦으며 화장실을 나서던 그는 때맞춰 들어오던 남자와 몸을 부딪혔다.

"아 씨……!"

차마 '발'까지는 이어서 내뱉지 못하는 도준이었다. 구겨진 표정으로 노려보는 그의 앞에서, 재건이 놓쳐 버린 대본을 줍고 있었다.

"죄송합니다."

"……잘 좀 보고 다니시죠."

도준이 이죽거리듯이 말하고는 재건을 지나쳐 갔다.

재건의 입가에 절로 쓴웃음이 났다. 잘못은 얼굴을 닦느라 앞을 보지 못한 상대에게 있었다. 옆으로 몸을 피해줬는데도 하필 또 그쪽으로 걸음을 옮겨왔기에 부딪혔던 것이다.

'근데 어디서 본 적 있는 거 같은데. 연예인인가?'

차가운 물로 손을 씻으면서 재건은 고개를 갸웃거렸다.

TV를 거의 보지 않는 편이었다. 꽤나 유명한 연예인이 아닌 이상에야 알아볼 눈이 없었다.

'어? 이거?'

세면대 옆에 웬 핸드폰이 놓여 있었다. 재건은 방금 몸을 부딪혔던 남자의 것이라 생각하고 핸드폰을 챙겨 화장실 밖으로 나섰다. 다행히 복도 끝에 위치한 자판기에서 음료수를 뽑고 있는 그가 보였다.

"저기요. 실례합니다."

재건이 말을 걸자마자 도준은 눈살을 가볍게 찌푸렸다. 피곤해서 누구와도 얘기하고 싶지 않았다. 매니저의 연락이 올 때까지 조용히 의자에서 몸을 쉴 생각이었다.

'이쪽은 아닌 것 같고…… 하여간 귀찮아.'

끽해야 사인이나 요청하려는 것이리라.

도준은 제발 알아서 물러나주기를 속으로 바라며 아예 시선을 거둬들였다.

그런 그에게 재건이 핸드폰을 내밀며 질문을 이었다.

"이거 그쪽 핸드폰 아닌가요?"

"……?!"

몸을 숙이고 음료수를 집던 도준은 두 눈을 부릅뜨고 허리를 폈다. 두 손은 저절로 자신의 텅 빈 주머니를 두들기고 있었다.

"아, 놓고 나왔었나……."

핸드폰을 돌려받으며 도준이 멋쩍게 중얼거렸다.

이런 걸 깜박하다니, 역시 피로가 극에 달한 모양이었다.

"고마워요."

"아닙니다."

용무를 마친 재건은 자판기 쪽으로 돌아서서 지갑을 꺼내 들었다. 잔돈은 없고 전부 만 원짜리뿐이었다.

낭패감 어린 재건의 표정을 곁눈으로 본 도준이 자기 지갑을 꺼내 들었다.

"뭐 드시려고요?"

"아, 괜찮습니다."

"잔돈이 많아서 그래요. 얘기하세요."

"그럼 커피 하나만 부탁드립니다."

도준이 돈을 넣고 버튼을 눌렀다. 그는 쿵 소리를 내며 떨어진 커피를 손수 집어서 재건에게 건넸다.

"잘 마시겠습니다."

"뭘 이 정도 가지고."

자판기 옆의 좁은 공간에는 2개의 긴 의자가 마주 보는 형태로 놓여 있었다.

재건이 먼저 한쪽 의자에 앉았다. 도준은 그 맞은편에 몸을 앉히고 다리를 꼬았다. 잠을 청하려고 하는데 대본을 확인하는 재건에게 자꾸만 시선이 갔다.

"저기요."

"네?"

"뭐 하시는 분이세요?"

"작가입니다."

"무슨 프로요?"

"아니요, 방송국 쪽이 아니라 소설 씁니다."

"아하, 소설가······."

도준이 허공을 바라보며 고개를 주억거렸다.

"뭐, 어디 출연하시는 거예요?"

"작가의 밤이요."

"그런 프로도 있었구나. 근데, 저 모르세요?"

이제야 진정한 배우로서 자리매김을 하려는 시점이다. 여느 때보다 이러한 부분에 민감해져 있는 도준은 결국 참지 못하고 재건에게 묻고 말았던 것이다.

재건이 미안한 표정으로 대답했다.

"죄송합니다. 솔직히 어디서 뵌 적은 있는 것 같은데 더 자세히는 잘 모르겠습니다."

"TV 안 보고 사시는구나."

말은 쾌활한 척하면서도 심기가 조금 불편해진 도준이었다.

아무리 TV를 안 보고 살아도 그렇지. 방송에 나가는 CF만 5개가 넘어가는 자신을 못 알아보다니. 심지어 나이도 비슷해 보이는데.

"하재건 선생님, 슬슬 들어가셔서 대기하셔야 된대요."

재건을 찾아 복도를 돌던 서경이 다가와 말했다. 고개를 끄덕이며 일어선 재건은 도준에게 인사를 잊지 않았다.

"커피 잘 마셨습니다. 먼저 실례할게요."

"고생하세요."

복도 끝으로 작아지는 재건을 바라보며 도준은 불만스러운 듯이 코를 살짝 울렸다. 얼마나 대단한 글을 쓴 작가이기에 어린 나이에 선생님 소리까지 듣는 건지 그로서는 이해할 수가 없었다.

드르륵!

재건이 되찾아 준 핸드폰이 울렸다. 매니저의 전화였기에 도준은 받는 동시에 몸을 일으켰다. 185㎝의 장신이 가질 수 있는 기다란 두 다리가 그를 엘리베이터로 이끌었다.

BIG LIFE

"미안하다, 도준아. 내가 좀 늦었다."

지하 주차장에서 기다리고 있던 30대 초반의 매니저가 재빨리 뒷문을 열어주었다. 도준은 차에 타자마자 지친 몸을 벌러덩 드러눕혔다.

"형, 라디오 좀 틀어줘."

"가는 동안이라도 눈 붙이는 게 좋지 않겠어?"

"너무 조용하면 그게 더 잠 안 와. 자장가로 들을래."

매니저가 라디오를 틀었다. 시끄러운 최신 가요가 스피커를 타고 뿜어져 나왔다. 백미러를 통해 도준의 찌푸린 얼굴을 본 매니저가 음향을 낮추며 물었다.

"많이 시끄러우면 좀 더 줄일까?"

"이 정도면 됐어."

시동이 걸린 차가 지하 주차장을 빠져나왔다.

심야의 도로는 한산한 편이었다. 시간이 넉넉하기에 매니저는 적당한 속도를 유지하며 차를 달렸다.

"아, 형! 혹시 작가의 밤이라고 알아?"

톨게이트로 진입할 즈음 도준이 불쑥 물었다.

하이패스 안내 음성이 들려오는 가운데 매니저가 고개를 끄덕이며 대답했다.

"알지, 백 작가님 담당이잖아. 방송 아까 시작했을걸. 청취율이 너무 안 나와서 걱정이 이만저만이 아니라던데."

"좀 틀어줘 봐."

매니저는 의아해져 고개를 갸우뚱했다.

도준의 매니저를 맡은 것도 벌써 1년째. 작가의 밤과 같은 교양 프로를 선호하는 성격은 결코 아니었다.

어쨌거나 그의 손은 도준의 요구대로 라디오 주파수를 변경하고 있었다.

―……최근에 현대청년문학상을 수상하시고 나서 첫 사인회를 하셨지요? 특별히 기억에 남는 점이 있다면 어떤 건지 여쭤보고 싶습니다.

여성 진행자의 맑은 목소리가 흘러나왔다.

매니저가 다시 음향을 살짝 높였다. 도준은 두 눈을 감은 채 흘러나오는 대화를 가만히 들었다.

―생각보다 훨씬 많은 분이 찾아와 주셔서 감격했습니다. '질풍노도'를 쓴 하재건이 아니라 풍천유를 찾아오신 독자분도 많이 계셨어요.

―그러게요. 장르 소설 계열에서 사용하시는 필명, 풍천유 작가의 팬들이 대거 찾아오셨다는 이야기인데요. 예상치 못하게 독자층이 겹치게 된 걸까요?

―그런 것 같습니다. 사인회를 주최하신 담당자분께서도 이렇게 많은 독자가 찾아올 줄은 몰랐다고 상당히 당황하셨었습니다.

―지금 부스 바깥에 앉아 계신 분 말씀이시죠? 후후후, 정말 많이 놀라셨겠습니다. 현장에서 책이 1,500부 가까이 판매되었다고 하는데요. '질풍노도' 역시 300부나 판매되었다면서요? 문단 신인으로서 굉장히 놀라운 성적 혹은 반응이라고 생각이 듭니다만, 여기에 대해선 어떻게 생각하시나요?

―너무나 감사드린다는 말씀 외에는 달리 마음을 표현할 길이 없습니다.

'흥, 가식.'

도준이 두 눈을 감은 채로 입술만 비죽 내밀었다.

문득 책을 좋아하는 자신의 여자 친구가 떠오른 그는 주머니에서 핸드폰을 꺼내 들고 전화를 걸었다.

―응, 오빠.

"어디야?"

―안무 연습 끝나고 숙소 들어왔지. 안 그래도 전화하려고 했는데. 오빠 지금 강원도 가는 중? 많이 피곤하지?

"피곤한 거야 너나 나나 똑같지 뭐. 채린아, 너 혹시 하재건이라는 작가 알아?"

―하재건? 무슨 소설 썼는데?

"언뜻 들으니까 질풍노도인가. 현대청년문학상인지 뭔지 받았다던데."

―잘 모르겠는데? 으음…… 하재건……? 아아! 맞다, 그거 혹시 멍청한 여자 쓴 작가 아니야? 지난번에 내가 차에서 읽고 있는데, 뭐 이런 제목부터 짜증 나는 책을 읽고 있냐고 오빠가 나한테 뭐라 그랬잖아.

"어렴풋이 기억이 나는 것도 같고."

―아마 맞을 거야. 오빠, 온몸이 땀범벅이야. 내가 씻고 다시 전화하면 안 될까?

"알았다."

전화를 끊은 도준은 네이빈에 접속해 하재건으로 검색했

다. 프로필 사진 아래로 지금까지 출간된 작품들이 떠오르고 있었다.

'질풍노도'의 오른쪽으로 여자 친구가 말한 '멍청한 여자'란 소설도 분명히 존재하고 있었다.

'전자책으로도 있네.'

여자 친구도 아는 작가이기에 흥미가 동했다.

도준은 전자책으로 '질풍노도'를 구입해서 핸드폰에 본문을 띄웠다. 그러나 첫 번째 페이지의 10줄을 채 읽기도 전에 그는 수마의 유혹을 이겨내지 못하고 깊은 잠에 빠져들었다.

BIG LIFE

심야에 방송되는 작가의 밤은 막바지에 다다르고 있었다.

여러 사람이 오늘의 방송을 듣고 있었다. 병상의 아버지와 그를 간호하는 어머니, 그리고 누나, 수희와 정진을 비롯한 동기들과 편집자 소미까지.

모두가 취침을 미룬 채 라디오에 귀를 기울이고 있는 중이었다. 하나같이 재건과 가까운 사람들이었다.

물론 예외도 있었다.

웅성출판 그룹 대표의 아들이자 편집장인 명석도 평소의 습관을 깨고 서재에서 라디오에 귀를 기울이고 있었다.

'대단한 놈이란 말이지.'

어느 날 갑자기 하늘에서 뚝 떨어진 것처럼 등장한 장르소설 작가.

급기야 디지털문학상에 이어 현대청년문학상까지 손에 거머쥔 괴물과도 같은 중고 신인.

이것이 명석의 감상이었다.

'장르판에서 놀던 글줄을 문단 규격에 맞춘다는 게 말이야 쉽지…….'

개인적인 호감 외에도 재건과의 연결 고리는 있었다.

'질풍노도'는 웅성출판 그룹 문단 문학 브랜드인 하늘샘을 통해 출간되었으니까. 여러모로 시간이 지날수록 관심이 가는 작가인 건 분명했다.

'후우…….'

명석이 식어가는 커피를 한 모금 마셨다.

지끈거리는 머리는 아무리 손으로 두드려도 나아지질 않았다. 최근 직면한 커다란 고민 때문이었다.

이번에 새로이 미스터리 및 공포 장르의 소설 브랜드를 준비하고 있는데 도무지 출시작으로 낼 만한 작품이 없었다.

'다들 배가 불렀어.'

명석의 책상에는 여러 작가의 원고가 수북하게 쌓여 있었다. 총 20여 작품으로 전부 기성작가였다. 하나같이 명석의 눈에는 쓰레기일 뿐이었다.

'이딴 걸 글이라고 휘갈겨서 보내오다니. 대체 무슨 배짱들이지? 본인들 이름값이 그렇게 대단하다고들 생각하나? 상 한두 개 받은 걸로 평생 거들먹거리면서 떡고물이나 찾아 연명할 한심한 인간들 같으니.'

명석은 화가 나서 원고들을 집어 북북 찢었다. 나름대로 여러 날을 새워 썼을 수많은 작가의 작품이 순식간에 쓰레기가 되어 바닥에 흩뿌려졌다.

바로 그때, 이제 마지막 문답이라고 여겨지는 여성 진행자의 목소리가 명석의 고막으로 파고들었다.

─신작은 언제쯤 어떤 작품으로 만나볼 수 있을까요?

─이제 막 구상하는 단계입니다. 사실 오늘부터, 아니, 12시가 넘었으니 어제네요. 어제 오후에 갑자기 소재가 떠올랐어요. 구상을 시작한 지 10시간이 채 안 됐네요.

─그러셨군요. 어떤 내용의 작품인가요?

─딱히 숨기려는 것이 아니라, 정해진 바가 거의 없어서 답변을 드리기가 애매합니다. 확실히 말씀드릴 수 있는 건, 자살한 여대생이 왜 죽음을 맞게 되었는지. 그런 걸 파헤쳐 가는 미스터리 혹은 추리물 정도가 될 것 같습니다.

'응……?'

명석의 두 눈이 번쩍 뜨였다. 잘못 들은 것이 아니었다. 방송에서 흘러나오는 재건의 목소리는 분명히 '미스터리 혹은 추리물'이라고 말했다.

'미스터리도 쓸 수 있다고……?'

어이없는 마음은 잠시.

다양한 장르를 써온 재건의 족적을 돌아보면 무리도 아니라는 판단이 섰다.

'예단할 필요는 없겠지. 지켜볼 가치는 충분해.'

지금까지의 커리어와 견주어 보면 미스터리로도 좋은 작품을 써낼 확률은 얼마든지 있다.

어느덧 작가의 밤이 끝나고 광고 음악이 흘러나오고 있었다.

명석은 라디오를 끄고 깊은 생각에 잠겼다. 만약 재건이 정말로 평균 이상의 미스터리 작품을 써낸다면 어떻게든 계약을 따낼 생각이었다.

재건과 같은 괴물급의 신인은 희소성 덕분에 출판사 입장에서 마케팅하기도 쉽다. 비용이 절감되는 것은 물론이고 독자들로부터 큰 반향을 이끌어내기에도 적확한 신인의 표본인 것이다.

'명훈이 녀석이 마음에 좀 걸리기는 하지만, 일은 일이지.'

명석은 즉시 핸드폰을 들고 내일 열릴 오전 회의 일정에 새로이 한 줄을 추가했다.

내용은 '브랜드 미스터리움 출시작과 관련한 하재건 작가와의 미팅'이었다.

BIG LIFE

"왜 자꾸 병원에 오고 그래?"

아들을 보자마자 석재는 인상을 구기며 나무랐다.

재건은 개의치 않고 사온 과실즙 박스를 옆에 내려놓으며 대답했다.

"식사하시고 나서 하나씩 드세요."

"뭘 또 이렇게 사왔어? 안 그래도 먹을 거 많다. 자꾸 움직여야 재활도 되고 낫지, 배가 불러서 일어날 수나 있겠냐."

"아빠도 참, 목발 짚고도 못 걸으시면서 무슨 재활이에요? 아들 오니까 괜히 좋으면서 이러신대. 어젯밤에 휴게실에서 라디오 방송도 다 듣고 주무셨으면서."

"너는 왜 자꾸 쓸데없는 소릴 하고 그래? 너랑 네 엄마가 잔다는 사람 억지로 붙잡아 들려줘 놓고서는. 아, 성가셔. TV 안 보이니까 옆으로 비켜."

재건이 희미하게 웃으며 옆으로 비켜섰다.

석재는 뚱한 표정으로 평소 관심도 없는 TV의 아침드라마에 시선을 꽂았다. 그 모습이 너무 우스워서 재인은 입을 가리고 웃었다.

"아, 집에 다녀와야겠다. 아버지 옷이랑 가져와야지."

"내가 다녀올게. 누난 여기 있어."

"제발 둘 다 그냥 가라, 어?"

석재가 재차 말했지만 두 남매는 들은 척도 하지 않았다. 재건이 옷을 챙기러 병실을 나섰고 재인은 사과를 깎기 시작했다.

"아드님이신가 봐요?"

옆 침대 곁에 앉아 있던 50대의 여자가 물었다. 그녀도 석재처럼 교통사고로 한쪽 다리가 골절된 환자였다. 아는 사이의 환자가 이 병실에 있어 하루에도 몇 번씩이나 와서 수다를 늘어놓곤 했다.

"네."

석재는 실례되지 않도록 살짝 그녀를 쳐다보고는 짤막하게 대꾸했다. 솔직히 그녀와 대화하고 싶은 마음은 털끝만큼도 없었다. 기회만 되면 이것저것 말을 걸어오는데 대부분이 자기 집안 자랑이었다.

"요즘 경기가 참 어렵죠……. 취업하기 힘들어요."

여자가 뜬금없이 꺼내는 화제도 석재는 이미 간파했다. 이

시간에 병문안을 온 재건을 백수로 보고 있는 것이다. 그간 경험한 바로 보건대 확실했다.

석재는 대답할 필요성을 느끼지 못하고 묵묵히 TV만 쳐다봤다. 그런데 언제나 그랬듯이 여자가 알아서 말을 잇고 있었다.

"그러고 보면 우리 아들은 운이 좋았어요. 졸업하고 바로 HG 들어갔는데 벌써 3년째 인정받으면서 잘 다니고 있거든요. 대기업이라는 게 들어가기도 어렵지만 살아남기란 더욱 힘든 곳이잖아요. 대견하기도 하지만 참 많이 안쓰러워요."

"그렇군요."

메마른 목소리로 대답하는 석재는 눈앞이 캄캄해졌다. 물어보는 사람도 없는데 혼자 떠들어대는 건 이 여자의 특기였다.

급기야 여자는 석재에게 질문을 하기에 이르렀다.

"아드님은 나이가 어떻게 되세요?"

"올해 스물여덟입니다."

"우리 아들보다 한 살 어리네요. 그럼 이제 학생은 아니시겠네. 에휴, 아무튼 산다는 게 참 힘들어요. 언제 경기가 회복될지 몰라."

석재는 유치하게 말을 섞고 싶지 않았기에 줄곧 입을 다물고 있었지만 재인은 조금 달랐다.

깎은 사과를 먹기 좋게 썰며 그녀가 대신 대답했다.

"그러게요. 제 동생은 직업이 작가라서 경기와 크게 상관이 없으니 그나마 다행이네요."

"작가요? 소설?"

"네."

여자가 땅이 꺼지는 듯이 길게 한숨을 내쉬었다.

"훌륭한 일 하시네. 에휴, 그래도 작가들이라는 게 어디 최상위 작가가 아니고서야 먹고살기가 쉽지 않을 텐데. 안 그래요?"

걱정해 주는 듯한 말투에 가득히 서려 있는 깔보는 마음을 재인이 모를 리 없었다.

어디까지 가나 싶어 가만히 듣고 있자니 그야말로 여자의 말은 점입가경이었다.

"우리 아들이야 연봉을 보니까 이번에 5,000쯤 됐나? 아직 혼자니까 그만하면 됐지 뭐, 작은 아파트도 하나 본인 명의로 있고. 남동생분은 수익이 얼마나 돼요? 다른 뜻이 아니라, 호호, 요즘 젊은 사람들 벌이가 참 궁금하더라고. 난 우리 아들이 잘 버는 건지 모르겠어. 5,000이면 괜찮은 건가?"

"잘 모르겠네요. 제 동생은 2억 조금 넘어요."

여자의 얼굴이 웃는 그대로 돌처럼 굳었다.

재인은 태연하기만 한 표정으로 깎은 사과를 석재에게 내밀고 있었다. 석재는 사과를 받아 아주 맛있게 먹었다.

"2억……? 연봉이…… 2억이나 돼요?"

"연봉이 아니고 매달이요."

"매, 매달……?!"

"작가니까 월급이라고 표현하긴 좀 애매하고요. 매달 출간한 작품들 정산해서 들어오는 인세가 그 정도 되더라고요. 잠시 간호사 좀 만나고 올게요."

대수롭지 않게 대답하고 난 재인이 병실을 나섰다.

얼이 반쯤 나가 말을 잇지 못하는 여자에게 석재가 사과 접시를 내밀며 물었다.

"한 조각 드시겠습니까?"

BIG LIFE

"옷은 다 챙겼고. 아, 그래."

본가에서 아버지의 짐을 다 챙기고 난 재건은 현관을 나서려다 말고 돌아섰다. 책을 좋아하는 아버지를 위해 몇 권이라도 챙겨 가야겠다는 생각이 들었던 것이다.

'오랜만에 들어오네.'

가장 작은방은 자주 쓰지 않는 물건들을 보관하는 창고 겸 아버지의 서재였다. 사이가 좋지 않았던 만큼 수년 동안 발 한 번 들인 적이 없는 공간이었다.

온갖 자질구레한 물건이 방 한구석에 엉켜 있었다. 한쪽 벽면은 책들이 천장까지 닿을 기세로 첩첩이 쌓여 있었다. 모두 독서를 좋아하는 석재가 구입한 책이었다.

'이야, 아버지가 일본 쪽 장르 소설도 보셨었나?'

재건이 흥미를 느낀 오래된 책 하나를 뽑아 펼쳤다.

페이지를 넘기며 글을 읽어 내려가던 그는 벽면에 등을 기 대려고 몸을 뒤로 젖혔다. 그러나 기댄 곳은 벽이 아닌 책으 로 된 산이었다.

"우왁!"

밀어낸 책들이 와르르 쏟아져 내렸다. 재건이 눈앞을 가렸 던 두 팔을 거둬들였을 땐 이미 방 전체가 책들로 난장판이 된 상황이었다.

"내가 이런 실수를……."

이 많은 책을 정리할 생각을 하니 눈앞이 까마득했다.

책을 치우려고 허리를 굽힌 순간.

지금껏 책의 산에 가려져 보이지 않던 구석의 한 종이 박 스가 재건의 시야에 들어왔다.

박스는 입구가 열려 있었다.

"······!"

그 안에 든 내용물을 확인한 재건은 어정쩡한 몸짓 그대로 얼어붙고 말았다.

'이게 어떻게 여기에······?'

열린 박스 안으로 보이는 건 재건의 판타지 소설 데뷔작이었다.

최악의 성적으로 조기 종결을 당한 비운의 작품.

기억을 되짚는 것만으로도 고통스럽기만 했던 데뷔작이 아버지의 서재 어두운 구석에서 발견된 것이다.

재건은 박스 앞에 쪼그려 앉아 입구를 제대로 열어젖혔다. 데뷔작 전권이 오롯이 담겨져 있었다.

데뷔작뿐만이 아니었다.

무림지존록으로 첫 상업적 성공을 거두기 전의 다른 두 작품에서부터 현재까지 출간한 모든 책이 빠짐없이 보관되어 있었다. 없는 것은 아직 종이책으로 만들어지지 않은 '90년대 소년'과 '더 브레스'뿐이었다.

"하······."

뜨거워진 아랫배에 저절로 힘이 들어갔다.

재건은 흐트러진 숨결을 내뱉으며 자신의 데뷔작 한 권을 손에 들었다.

책은 구입해서 방치되고만 있던 것이 아니었다. 여러 번

정독을 거친 책만이 지닐 수 있는 향취가 색 바랜 모든 페이지에서 묻어나고 있었다.

마지막 장을 펼쳤을 때였다.

재건이 첫 작품.
무슨 사정인지 재미있는 부분에서 일찍 완결이 되어 아쉬움.

투박하고 거친 아버지의 필체가 동공에 파고들었다.

재건은 어금니를 꽉 깨물고 다른 책들도 하나씩 펼쳐 뭔가 적혀져 있지 않은지 확인했다.

예상대로 모든 책에 아버지의 글귀가 새겨져 있었다.

재건이 두 번째 작품.
첫 작보다 부담을 많이 덜어낸 느낌.

재건이 세 번째 작품.
아주 재미있는데 반응이 나쁜 건 이야기가 무겁기 때문일까?

재건이 네 번째 작품.
오래 웅크린 만큼 더 높이 비상하는 내 아들.

재건이 다섯 번째 작품.

아내와 딸의 입을 통해 아들의 이야기를 자주 듣게 되어서 좋지만, 마음 놓고 웃어야 할지 말아야 할지.

출간된 책만이 아니었다.

대학 시절 썼던 A4 용지 습작 초고도 여지없이 박스 밑바닥에 깔려 있었다.

글이 마음에 들지 않아 북북 찢어 쓰레기통에 처박았던 초고였다. 이미 쓰레기장에서 한 줌의 재로 사라졌어야 할 초고는 전 페이지가 테이프로 꼼꼼하게 이어져 있었다.

재건이 두 눈을 질끈 감고 콧등을 움켜잡았다.

이까지 악물고 한사코 치밀어 오르는 감정을 억눌렀다.

조금이라도 눈물이 나와 버리면 오래도록 아버지를 멀리했던 자신이 더더욱 한심스럽게 느껴질 것 같아서.

가까스로 마음을 가라앉히려는 사이에 또 하나의 물건이 눈에 밟혔다. 그것은 오래된 통장이었다. 어째서 통장이 이런 곳에 섞여 있는 걸까.

"아…… 어윽…… 어어어……."

통장을 펼친 재건은 끝내 스스로를 향한 책망감 앞에 무릎을 꿇고 말았다.

아버지가 자신을 위해 든 적금이었다.

계좌번호 아래에는 메모도 적혀 있었다.

재건이 놈 서를 살에 줄 것.

문예창작학과에 입학한 첫 달부터 7년이 넘도록 한 달도 빠짐없이 15만 원씩 입금이 되어 있었다. 작가로서 성공하지 못할 경우를 대비한 아버지의 마음은 작년 초여름으로 끝을 맺고 있었다.

첫 흥행작 무림지존록이 출간된 달이었다.

드르륵! 드르륵!

핸드폰이 울리며 재인으로부터 전화가 걸려왔다.

재건은 받을 수가 없었다.

얼굴은 질펀하게 젖었고 내뱉을 수 있는 목소리라고는 흐느낌뿐이었다.

그는 무릎을 꿇은 채 바닥에 이마를 찧었다. 뚝뚝 떨어지는 눈물이 냉골과도 같은 아버지의 서재 바닥을 뜨겁게 적시고 있었다.

BIG LIFE

"소미 씨, 다 끝났어? 밥 먹으러 가자."

"네, 언니."

소미가 교열을 끝마친 원고를 저장하고 모니터 화면을 껐다. 의자에서 일어선 그녀는 돌아서다 몸을 흠칫 떨었다.

편집장 경욱이 눈앞에 서 있었다.

"지금 뭐라고 했어요, 소미 씨?"

"무슨 말씀이신지?"

"이 대리에게 무슨 호칭을 사용했냐는 말입니다."

경욱이 거만하게 내려다보며 물었다.

비로소 상황을 이해한 소미가 난처해져 할 말을 잃은 사이 이 대리가 나섰다.

"편집장님, 그건 제가 소미 씨한테 편하게 부르라고……."

"이 대리, 여기가 놀이공원입니까?"

"네?"

"이 대리 여기 놀러왔어요? 누구 마음대로 언니 동생입니까? 최소한의 기본적인 기강은 지켜줘야 할 게 아닙니까. 업무 체계 흐트러지는 거 순식간입니다. 몰라요?"

소미는 놀랍고도 당혹스러워서 고개를 수그렸다. 자기 때문에 이 대리까지 싸잡아 욕을 먹고 있다고 생각하니 심장이 부서질 것처럼 뛰었다.

"주의하겠습니다."

이 대리가 두 손을 모으고 서서 대답했다.

경욱은 짧은 코웃음을 터뜨리더니 어깨 뒤로 풀어 내린 소미의 머리칼을 보며 신랄하게 덧붙였다.

"그러고 보니 소미 씨, 오늘은 당고녀가 아니네요?"

소미는 할 말을 잃고 굳듯이 서 있기만 했다.

재건의 사인회에서 찍힌 사진이 '당고녀'라는 이름으로 퍼지게 된 이후, 경욱은 몇 번이나 이 일을 언급하며 빈정거리곤 했다. 일러준 사람은 아마도 고 대리일 것이리라고 소미와 이 대리는 추측하고 있었다.

"어이, 고 대리. 밥이나 먹으러 갑시다."

"네네, 편집장님. 어서 가시죠."

경욱이 고 대리를 데리고 성큼성큼 퇴장했다. 그들의 발소리가 완전히 들리지 않게 되어서야 이 대리가 소미에게 다가왔다.

"소미 씨, 괜찮아?"

"죄송해요. 저 때문에……."

"내가 미안해, 내 잘못이야. 설마 저렇게까지 찌질하게 굴줄은 몰랐지. 진짜 완전 유치하고 찌질해."

이 대리가 위로하듯 소미의 등을 다독이며 말했다.

소미는 억지로나마 괜찮은 척 웃어 보였다. 이 대리라도 없었다면 이미 울음을 터뜨리고도 남았을 터였다.

"오늘은 알밥 어때?"

"저는 좋아요."

사무실에서 나온 두 사람은 빌딩 아케이드의 한 식당에 자리를 잡고 음식을 주문했다. 컵에 물을 따르며 이 대리가 말을 꺼냈다.

"원래 남자들이 저렇게 유치해. 잊어버려."

"……."

"요즘 많이 힘들지? 내가 봐도 소미 씨한테만 유독 심해. 하재건 작가님 미워하는 마음이 소미 씨한테 작용하는 건지도 모르지. 나한테는 한동안 들이대다 잠잠해지더니."

소미의 두 눈이 놀라운 빛을 띠었다.

"편집장님이 이 대리님한테 들이댔었다고요?"

"사무실 밖이니까 언니라고 해. 아무튼, 후우…… 이제 말하는 건데, 몇 번이나 밥 먹자, 술 먹자 하면서 치근덕대는 거 떨쳐 내느라 혼났다구."

이 대리는 목이 타는지 한 잔의 물을 다 마시고는 말을 계속했다.

"밤 11시가 넘어서 전화가 걸려온 적도 있었어. 처음으로 편집장을 맡게 돼서 너무 힘들어서 한잔했다나? 나보고 좀 나올 수 있겠냐고 하더라. 내가 미쳤어? 그때 딱 잘라 거절하고 선을 그어버렸지. 어디 사람을 만만하게 보고."

메시지가 수신된 소미의 핸드폰이 화면을 밝혔다.

내용을 확인한 소미는 즉시 입가에 웃음을 머금었다.

재건으로부터 날아든 메시지였다.

-장은영 작가님이 표지 러프 엄청 좋아하시네요. 점심 드실 때 됐죠? 맛있게 드시고 오늘도 힘내세요.

"하 작가님이지?"

이 대리가 코를 찡긋거리며 짓궂은 미소로 물었다.

소미는 얼굴을 붉히며 그녀에게 되물었다.

"어떻게 아셨어요?"

"거울 좀 봐. 아주 표정이 좋아서 죽네, 죽어. 무슨 일이시래?"

"아, 표지 외주한 것 때문에 그냥 안부요."

소미가 표지 외주 작업을 하고 있다는 사실을 아는 사람은 스타벅스에서 이 대리뿐이었다. 마찬가지로 이 대리가 주말을 틈타 교정 교열 아르바이트를 한다는 사실도 소미만 알고 있었다.

"그래. 벌 때 열심히 벌어야지. 업무에 지장 생기는 것도 아니고. 출판사 월급 너무 짜."

그때 주문한 음식이 나왔다. 이 대리가 숟가락을 들고 힘차게 알밥을 비비기 시작했다.

소미는 식사를 시작하기에 앞서 재건에게 답장을 보냈다. 너무 속이 보이는 내용이 아닐까 염려되어 몇 번이나 수정을 거쳐야만 했다.

BIG LIFE

-하 작가님 덕분이에요 ^^ 하 작가님도 점심 맛있게 드시고 감기 조심하세요. 작은 거라도 일 생기거나 하면 언제든지 연락 주시구요. 파이팅!!

메시지를 확인한 재건은 핸드폰을 도로 주머니에 넣고 고개를 들었다.

아버지 석재가 입원한 병원 휴게실이었다. 누나는 출근했고 어머니도 볼일이 있어 아침부터 붙어 있는 참이었다.

'식사하실 때 됐구나.'

재건은 자리에서 일어나 글을 쓰던 노트북을 챙겼다. 다소 힘이 없는 표정이 착잡한 빛을 띠고 있었다. 구상하고 있는 소설이 막혔기 때문이었다.

'모르는 부분이 너무 많아……'

미스터리. 혹은 추리라는 장르를 만만하게 본 걸지도 모르겠다는 생각이 들었다.

범죄와 관련된 법체계라든가, 경찰을 비롯하여 그와 관련된 현업인들의 실무적인 일에 대해서 거의 아는 바가 없었다.

잘 알지도 못하면서 꾸역꾸역 스토리를 구상하다 보니 한계가 명확히 보였다. 스스로 봐도 너무나 재미가 없었다.

'이걸 어떻게 해결하지. 동네 경찰서라도 찾아가서 다짜고짜 취재를 요청해 볼까? 아니면 법률 상담?'

이런저런 고민을 하면서 병실로 돌아오니 석재는 벌써 일어나 조리원이 준 밥상을 받고 있었다.

재건이 퍼뜩 정신을 차리고 황망히 다가갔다.

"죄송해요, 제가 가져오려고 했는데."

"네가 가져오면 뭐 더 맛있어지기라도 하냐?"

"식기 전에 얼른 드세요."

"너는? 너도 먹어야 할 거 아냐."

"편의점에서 햄버거랑 컵라면 사왔어요."

석재의 이맛살에 깊은 주름이 생겨났다.

"밥을 먹어야지, 자식아. 뭔 햄버거랑 컵라면이야?"

"만날 밥만 먹었더니 질려서요. 금세 데워서 올게요."

재건은 탕비실의 전자레인지로 햄버거를 데우고 컵라면에 뜨거운 물을 부었다. 병실로 돌아오니 석재는 아직 숟가락도 들지 않은 채였다.

"왜 안 드시고 계세요."

"이제 먹을 거다."

석재가 무뚝뚝하게 대답하며 비로소 숟가락을 들었다.

아들과 함께 먹으려고 기다렸다는 사실을 비로소 깨달은 재건은 쓰게 웃으며 아버지 옆에 앉았다.

"글이 잘 안 풀리는 거냐?"

어느 순간 석재가 미역국을 숟가락으로 뜨며 불쑥 물었다.

재건은 면발을 입에 넣다 말고 고개를 치켜들었다.

도대체 어떻게 알아내셨을까.

"무슨 글이야?"

"아, 그게…… 미스터리요."

"미스터리? 그런 장르도 써?"

"한번 도전해 보는 기분으로 써 보고 있어요."

일순 석재의 얼굴에 감탄의 빛이 어렸다. 하지만 너무도 순식간에 생겨났다 사라져서 재건은 미처 알아보지 못했다.

석재가 태연한 척 질문을 이었다.

"어떤 내용인데?"

"으음, 그게요. 한 여대생이 MT를 갔다가 성폭행으로 의심되는 사고를 당했는데요. 그 이후 자살을 하고……."

재건은 차분하게 지금껏 구상한 내용을 이야기했다.

석재는 느릿느릿 식사를 하면서 귀를 기울이고 있었다. 아버지와 아들로서가 아닌 작가와 독자로서의 대화였다.

"……그런데 많이 막혀요. 법에 대해서도 제가 잘 모르니까 자꾸 인터넷을 찾아보게 되는데 좀 애매해요. 그리고 실무적인 부분에도 궁금한 점이 많고요."

재건이 햄버거를 한 입 가득 베어 우물거리고는 꿀꺽 삼켰다.

"이쪽 계통과 밀접한 사람이 있으면 좀 만나보고 싶은데, 제 주변에 그런 사람이 있어야죠. 일단 경찰서라도 한 번 가 볼 생각이에요. 박카스 한 박스 사 들고 가면 형사님들이 뭐라도 대답해 주겠죠."

재건이 히죽 웃으며 농담으로 말을 마무리했다. 언제나 돌처럼 변화가 없는 석재의 입가에도 희미하게나마 미소가 일었다.

"아이구, 웬일로 부자가 사이좋게 밥을 먹고 있네?"

식사가 끝날 즈음 명자가 반색을 하며 병실에 나타났다. 석재는 민망스러워서 뚱해진 표정을 하고는 재건에게 손을 휘휘 내저었다.

"네 엄마 오셨으니까 이만 가라."

"좀 더 있어도 되는데요."

"아, 빨리 가. 너 있으면 성가셔."

"알겠어요. 그럼 몸조리 잘하세요. 또 올게요."

"오지 말라고."

재건이 가방을 챙겨 병실을 나섰다.

가만히 생각에 잠겨 있던 석재는 침대 옆에 놓아둔 자기 핸드폰을 집어 전화부를 실행시켰다.

"어디다 전화하려고요?"

"할 데가 있어."

아들의 글쓰기에 조금이라도 보탬이 되어주고 싶었다. 지금까지는 도와주고 싶어도 그럴 만한 부분이 없었다. 하지만 지금 아들이 당면한 문제라면 석재에게도 나름의 해결책이 있었다.

이윽고 번호를 찾은 석재가 전화를 걸었다. 신호음이 울린 끝에 절친했던 대학 동기가 밝은 목소리로 전화를 받았다.

─이게 누구야?! 하석재, 이 매정한 자식아!

"잘 지냈어? 이제 은퇴했으니 하루하루가 편하나?"

─편하기는 염병, 나도 자네처럼 어디 나가서 일이라도 해야지. 평생을 일하다 집에만 처박혀 있으려니까 아주 죽을 맛이야. 낚시랑 바둑도 하루 이틀이지. 아, 지겹도록 봐댔던 시체들이 다 그리워질 지경이라니깐?

"하하하, 이 친구. 그걸 말이라고 하나."

─됐고, 언제 한잔할 거야? 그냥 안부만 물어보려고 전화한 건 아니겠지? 응?

석재가 헛기침을 하며 마른 목을 가다듬었다. 여전히 자신을 쳐다보는 명자의 시선을 피한 채로 그는 핸드폰에 대고 나직이 말했다.

"자네, 내 아들 좀 도와줄 수 없을까?"

to be continued